开普勒62号

[挪威]比约恩·肖特兰德 著 [芬兰]帕西·皮特卡能 绘 王皓雪 译

秘密

·桂林·

MIMI
秘密

出版统筹：汤文辉　　责任编辑：王芝楠
品牌总监：耿　磊　　美术编辑：刘冬敏
选题策划：耿　磊　王芝楠　　营销编辑：董　薇
责任技编：王增元　郭　鹏　　版权联络：郭晓晨　张立飞

著作权合同登记号桂图登字：20-2019-151 号

图书在版编目（CIP）数据

秘密 /（挪）比约恩·肖特兰德著；（芬）帕西·皮特卡能绘；王皓雪译. —桂林：广西师范大学出版社，2021.3
（开普勒 62 号：6）
ISBN 978-7-5598-3555-0

Ⅰ. ①秘… Ⅱ. ①比… ②帕… ③王… Ⅲ. ①儿童小说—幻想小说—挪威—现代 Ⅳ. ①I533.84

中国版本图书馆 CIP 数据核字（2021）第 006817 号

广西师范大学出版社出版发行
（广西桂林市五里店路 9 号　邮政编码：541004
网址：http://www.bbtpress.com）
出版人：黄轩庄
全国新华书店经销
保定市中画美凯印刷有限公司印刷
（河北省保定市西三环 1566 号　邮政编码：071000）
开本：880 mm × 1 240 mm　1/32
印张：6.25　　字数：110 千字
2021 年 3 月第 1 版　　2021 年 3 月第 1 次印刷
定价：52.00 元

开普勒62号

秘密

开普勒

62号

秘密

目录

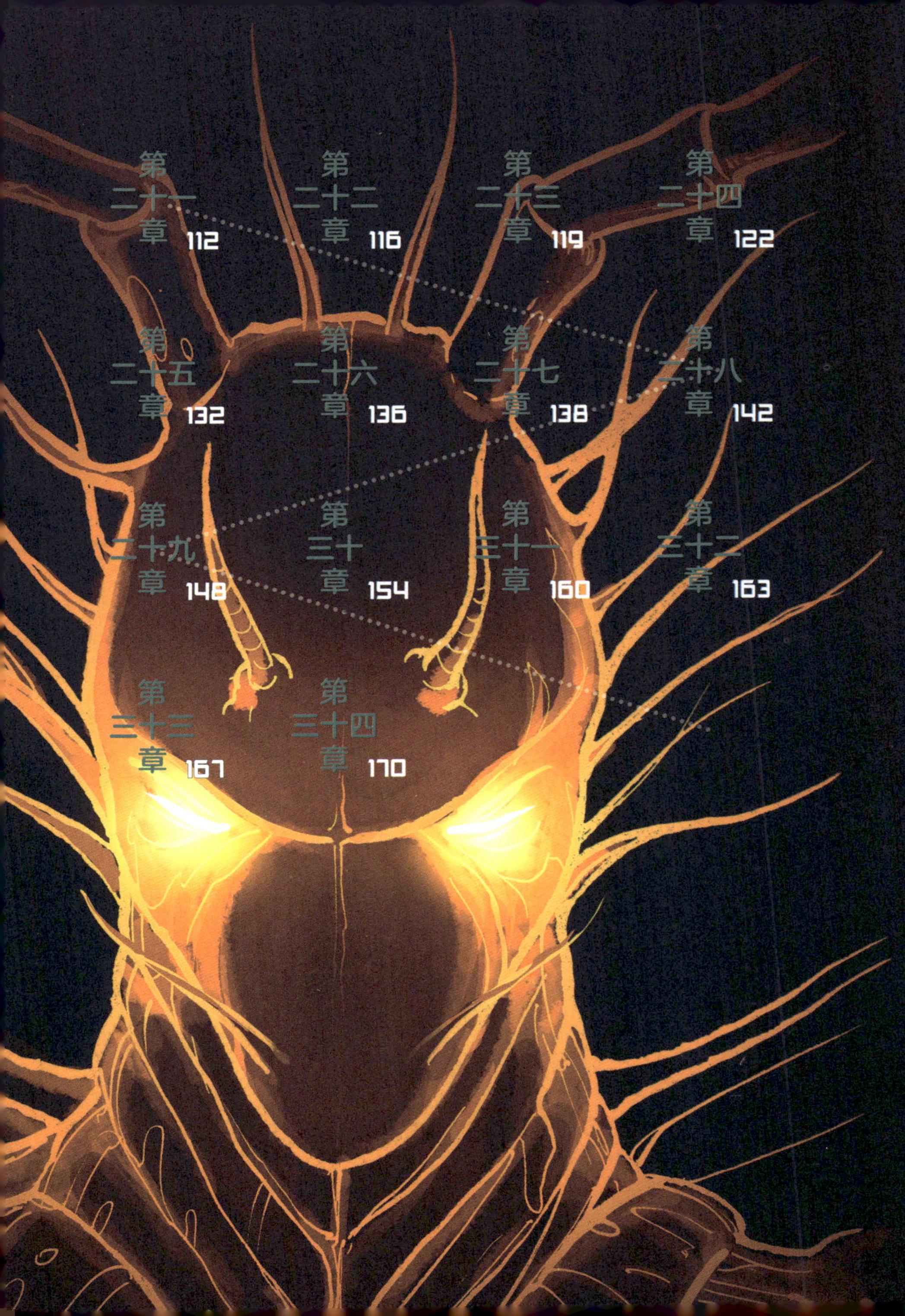

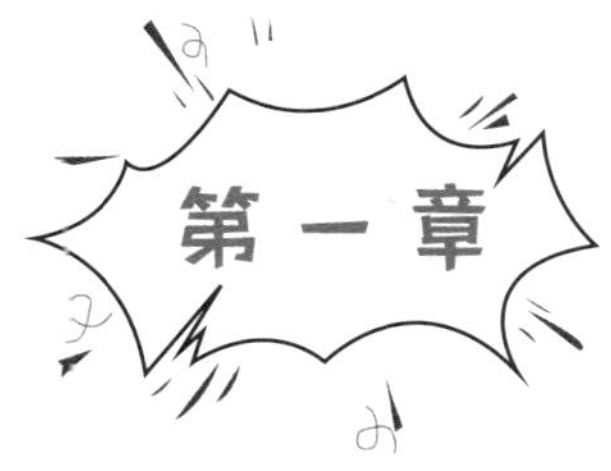

第一章

我的整个身体都在抗议大脑做出的决定。

双腿，胃，肺，似乎所有的器官都在无声地呐喊，嘴里弥漫着一股血腥味。我以前完全不知道人居然可以有这种感觉。但想想也是，我怎么可能知道呢？以前所有的体育课都被我翘掉了，和运动有一点点关系的活动我都没参加过，所以现在才会这样。要是以前注意好好锻炼就好了。现在，我正在追一个孩子。我感觉如果再跑快一点，我的脚就要跟不上我的身体了。简直不可思议，一个一心想逃走的十岁的孩子身体里竟然有这么大的能量。

我们必须在他跑到筋疲力尽之前把他捉住。

好在雪已经开始化了，路比前些日子好走了一些。

起风了。开普勒 62e 星球上的天气并没有我们最初想象的那样宜人。也不知天气怎么能变化得如此迅速。

幸好我不是一个人。

阿里最先赶上了乔尼。阿里跳过去，把乔尼扑倒在地。

“不要！放开我！”乔尼尖叫着。

“你要去哪儿？为什么要跑？”

乔尼直直地盯着我们，连眼睛都不眨一下，盯了好久好久，直到眼泪像两条小溪一样顺着他的眼角滑落下来。阿里被他盯得浑身不舒服。

乔尼像是被按了暂停键似的，定在那里一动不动。他已经病了很久，身体状况很不好。

“都是因为我。”最终，乔尼这样说道。

“什么？”我问。

“它们都是因为我才死的。低语者，是我杀了它们。我不配和你们住在一起。我得去找其他的低语者，向它们道歉，然后……”

这时话音忽然中止，乔尼整个身子软软地倒在了雪地里，晕了过去。

“那都是奥利维亚的错，”阿里说着弯下腰，把乔尼抱在怀里，“是她的错，不怪你。”

我拉起乔尼软绵绵的手臂，摸着他的脉搏。

“乔尼刚刚跑得那么快，他的心率却不高，现在呼吸平稳，皮肤颜色正常。虽然我不是医生，但我觉得他的状况应该不严重。”

我们把他轻轻放到用钛合金做的滑雪板上，拖着他返回营地。我们走得很快。周围一片雪白，但现在雪已经化得很快了。

这个星球实在诡异，天气变化得太快了，以至于有时候我简直怀疑是不是有什么超自然的力量在控制着这里的天气。

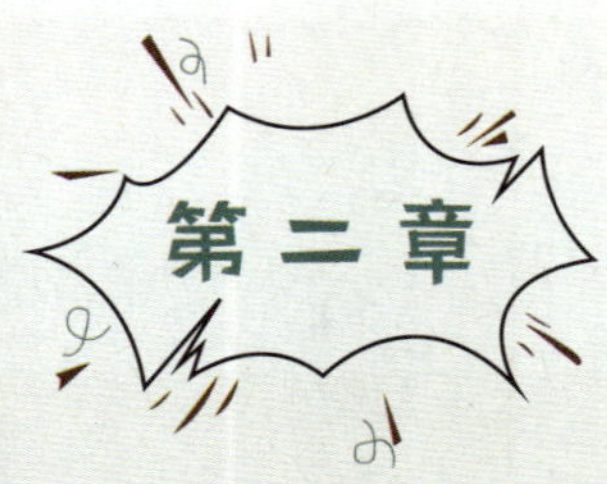

第二章

“乔尼睡熟了。”我说。

我们当然也可以去找我们的领队兼医生奥利维亚寻求帮助，但是她现在心情不算太好，因为她还被我们捆在小仓库里，一动也不能动。不久前她告诉了我们开普勒行动的主要原因，在那之后我们就集体造反了。

“乔尼没事吧？”丽萨问，“他是不是因为害怕国王才逃走的？他见过国王了？国王是人吗？危险吗？”

丽萨似乎有一万个问题。

“国王？不是，有人已经见过国王了吗？真的有国王吗？”我反问道。

“休眠舱是开着的，你也看见了，有人打开了第十三个休眠舱。另外，我们也都看见了在雪地里的脚印。”

丽萨脸色苍白，好像真被吓坏了。

“还有那种病毒，奥利维亚说我们所有人都被传染了，还要我们去传染低语者。我们得把她藏着的解药找出来。想想阿尔伯特的下场……还有，万一低语者要来杀掉我们的话……”

“低语者并不危险，”我说，“它们是我们的朋友。我们不能盲目相信奥利维亚的话。你去宿舍找斯温特莱纳和敏俊吧，我们一会就过去。我有个计划要告诉你们。”我微笑着说。

其实我什么计划都没有。

第三章

“只是害怕没有用，得想想办法才行。”我说。

“对，我去找奥利维亚，”阿里说，“让她看看乔尼。”

我掏出一罐功能饮料。这种功能饮料是美国国家航空航天局和美国空军共同研发出来的，功效非常强劲。可现在喝上一罐我还是觉得不够，我实在是太累了。

我瘫坐在地上，嘴里的铁腥味挥之不去。

很久以来，我在开普勒 62e 星球上的生活就像是部科幻电影，很不真实，但还算有趣。比如现在，我坐在这间病房的地板上，这个场景简直像直接从电影《星球大战》里剪辑过来的一样。要是我跟地球上的人讲述在这里都发生了什么，肯定没有一个人信我。我，一个十四岁的女孩，从地球出发，走过了遥远的旅程才到达了这个星球上。我小声对自己说：“想想吧，认真想想，遥远的旅程啊！”我现在已经处在了自己能想象到的离地球最远的地方。有时候，我假装和阿里、乔尼玩过家家，其实我自己从来没有得到过家人的陪伴。爸爸永远都在出差，而妈妈早就去世了，家里只有两个老仆人马格达和阿尔弗雷德。和乔尼、阿里一起在这个遥远的星球上，我反倒觉得更像在家里似的。

只可惜这里的医疗条件不好。我们现在在开普勒 62e 星球上，按照官方说法，这是美国国家航空航天局几年前才发现的星球。

最开始的时候他们说我们是第一批来到这里的人类。可不久之前我们在外面探险的时候，在一个巨大的洞穴里发现了一艘飞船，或者是别的什么，不管它到底是什么，都肯定是从地球上发射过来的。我们意识到这一点的时候简直惊呆了，后来发生了些危险的情况，我们侥幸逃回了营地。从那时起，我生活的这部喜剧片就变成了恐怖片。

“你好啊。”奥利维亚的声音传来。她的状况看起来还不错。

在一旁的阿里的表情则有些痛苦，显然他并不怎么喜欢看守囚犯的新工作。

“把我手腕上的绳子解开吧，否则我没办法帮忙。”

“当然没问题。”我说。

虽然我完全不相信奥利维亚，但我也尽量假装我们是朋

友，至少表面上维持着朋友关系。奥利维亚也装作是我们的朋友，虽然我知道现在她当然不可能信任我们。就在不久前我们集体“叛乱”，把她捆了起来，还逼着她告诉了我们一切的原委。

“好了，”阿里站起来说，“乔尼的情况还是不见好转，还是咳血。你快把解药给他，现在，马上！”

“国王说过，低语者完全毁灭之前不能给你们解药。”

哎，看来在这个星球上其实只有我们六个活人，奥利维亚则是个不通情理的机器人。

“不许你再伤害任何一个低语者。”我说，“首先，如果真的有你说的那个国王，我们就要先抓住他。然后要尽快给乔尼、丽萨、斯温特莱纳和敏俊解药。”

我说这些话时的声音有一点点颤抖，这可不是我想表现出来的。

“我知道你不喜欢我。”奥利维亚说。

“哎呀，那么明显？这就有点尴尬了。”我说，“既然你已经明说了，那你有没有想过到底是为什么。我不但不喜欢你，更不信任你。你让我们这群小孩感染病毒，还秘密实施了这个计划……”

奥利维亚一句话没说，只靠眼神就打断了我的话。奥利维亚的厉害之处，其中之一就是可以不回答那些她不想回答的问题。

开普勒 62e 星球上的太阳开始落山了，天空变得五彩斑斓。

“我们得团结。”最后，奥利维亚说道，“我已经把事实都告诉你们了。我们历经艰险到达这里并不只是为了做调查研究。地球很快就要毁灭了，人类再怎么不想放弃它也无能为力。现在给地球上的人希望只会带来更多麻烦。另外，国王就要来了。国王当然是真实存在的，他来解释这些事肯定比我说得更清楚。现在让我看看乔尼。”

奥利维亚走到乔尼的病床边。

她掏出一个针管，从乔尼的胳膊上抽了些血，然后量了他的体温，检查了他的呼吸。她还在他的手指上固定了一个测量脉搏的仪器，一闪一闪的，把乔尼的手指尖照得通红。

“乔尼现在非常虚弱，但是除此之外没有别的问题。你们把我放了吧，咱们现在可是同一阵营的。”

“是吗？”阿里问道。“乔尼身上有病毒，除了我们三个之外其他人都被传染了。在你给我们解药之前，你说的任何话我都完全不信！玛丽，把奥利维亚押回仓库去！”他命令道。

奥利维亚自觉地走在我前面，这让我觉得把她绑起来简直是多此一举。

“说真的，奥利维亚，我们现在很害怕。没人知道到底该不该信任你，能不能相信你说的话。按照你的说法，一个伪装成游戏的程序竟然自我进化，甚至想做世界霸主。全世界所有的电脑已经联系在了一起，甚至包括一切控制武器的系统，它们已经形成了一个有机的整体。另外，人工智能已经通过机器玩具狗控制了世界，还想让人类灭绝。这都太难以置信了。有没有什么办法能让我们联系上地球，确认一下这些都是不是真的？”

“你们现在只有相信我。”奥利维亚说，“我爸爸一生都在为此奋斗。很久很久以前，他曾经和我讲过一个叫《回到未来》的老电影，把里面的耐克跑鞋穿到脚上之后鞋带会自动系好。没过几年，就真的有这样的跑鞋在市面上出现了。”

“现在我们穿的衣服都会处处为我们考虑。”我接着她的话说。

“就是这样。电脑、手表、各种可携带的大大小小的设备，甚至卫生间的镜子，它们简直比我们更了解我们自己。鞋子和衣服时刻测量着我们的体温、血压、体重，甚至胆固醇水平。我们已经制造出了可以治疗血管炎症、预防癌症的纳米机器人。最普通的电脑都已经有极高的信息处理速度，它们一刻不停地陪伴着我们。现在已经没有人会对一个可以告诉家里女主人什么时间生孩子的冰箱感到诧异了。”

“在这儿可没有这种冰箱，”我说，“我们也不会在这儿生孩子。”

“可是我们还是有这种腕表。爸爸跟我讲过另一个电影，”奥利维亚接着说，“叫《终结者》。电影讲的就是一个被机器占领了的世界。机器试图利用人类毁灭地球。原来大家觉得这种事仅仅想象一下都愚蠢得可笑，可是现在到底还是变成了现实，我们也被迫逃到了这里。”

“可是为什么偏偏是我们？而且只有我们？太奇怪了。别的人也会来这儿吗？那个令人闻风丧胆的国王也会来吗？”

“答案很快就会浮出水面了。”奥利维亚说。

我深吸了一口气，努力控制自己不再继续问下去。奥利维亚看起来似乎在害怕什么。

“我爸爸也曾和我讲过这些电影，可他是个喜欢收集漫画并且超级有钱的武器制造大亨。听起来感觉我们两个的爸爸有很多相似之处。你肯定见过我爸爸，他就在51区工作，就在你原来工作的地方。他叫瓦利为。”

奥利维亚用奇怪的表情看了看我，好像她知道些我还不知道的事情似的。

“美国国家航空航天局在向火星发射飞行器之前很早就已经开始寻找可能有生命存活的行星了。他们寻找的成果之一，环境最好最适宜生存的就是开普勒62e，就是……”

“就是这儿。”我打断了她。

“对。很久以前已经有不少人预测，说未来地球会被机器统治，就和后来发生的一样。”

“我爸爸以前就这么说过。”

“不光是你爸爸，”奥利维亚放低了声音，“我爸爸也是。”

“太奇怪了。我们俩的爸爸大概在工作中认识？”

“不，这一切的背后都只有一个人。”

“什么意思？”

“我们俩的妈妈不同，但是你爸爸就是我爸爸。”

“我们是姐妹，玛丽。我们的爸爸是同一个人。”

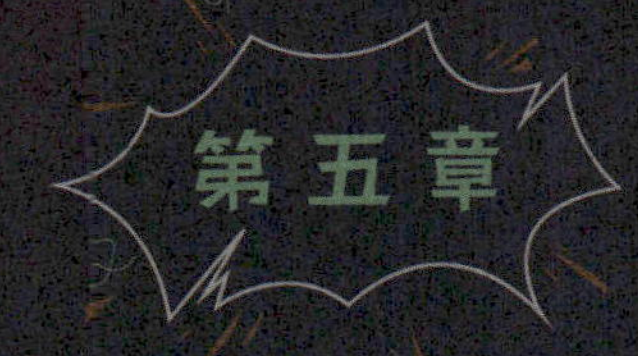

第五章

“你说的是真的？”我惊讶得几乎说不出话来，“我爸爸就是……就是你爸爸？”

我感觉自己的身体似乎跟着开普勒 62e 星球一起，正以每小时几十万千米的速度旋转，而我头晕得就像小学时去打针一样。

“更准确地说我们是同父异母的姐妹，但我并不喜欢这种说法。”奥利维亚说。

同父异母的姐妹。我觉得天旋地转。

我的眼睛里挤满了泪水，并不是因为感伤，实在是因为头晕得厉害。

“我一直以为我是家里唯一的孩子，”我说，“你现在真的没在撒谎？你妈妈叫什么名字？”

“她叫伊娃。”奥利维亚说，“我的童年都是在51区度过的。在妈妈的神经系统被改造之前我只见过她几面而已。”

我知道奥利维亚在努力用平静的语气说这些话，但是她脸颊上似乎有泪水滑过。并且，或许是因为她的心脏跳得太过剧烈，她的声音都在跟着颤抖。

她的整个身体都在抑制不住地颤抖着。

我们走进仓库。这个仓库里存放着各式各样的东西，包括我们来时的休眠舱。事实上，除了枪支单独放在另一个仓库之外，余下几乎所有的东西都在这里了。总的来说营地里也没有多少建筑。每个人有一个自己的小宿舍，当然其中奥利维亚的宿舍最大，甚至还带餐厅和厨房。另外我们还有一个病房，刚刚我们就在那里。

我差点完全忘记了奥利维亚现在是囚犯，而我是她的看守。我本来准备把她押到前些时候按照她的要求建起来的仓库后方的笼子里。

“那我们的爸爸现在在哪儿？”我问道，“还在我最后一次见到他的 51 区吗？还是他藏在第十三个休眠舱里跟我们一起来到了这里？”

我看向那个神秘的休眠舱。起初我们真的相信那仅仅是个备用的休眠舱而已，可那里面竟然藏着个“国王”！

“国王……”奥利维亚正要说话，门“砰”的一下被撞开了，俄罗斯女孩斯温特莱纳走到了我们眼前，她的目光像西伯利亚的寒冰一样冷。

“把解药交出来！现在，马上！”斯温特莱纳喊道，“你要是不配合，我们就要动手了！”

斯温特莱纳的脸涨得通红，好像就要爆开了，就像漫画里的人物似的。

敏俊和丽萨表情严肃地站在她后面。

奥利维亚站了起来，两手垂在身侧。她自己也不知道准备去哪儿，或者要用这双手做什么。

“你要干什么？”我眼中还有泪水，喉咙里也像是卡了块土豆，无论如何也咽不下去。

斯温特莱纳低下头，像一头公牛一样笔直地向奥利维亚撞了过来，把她扑倒在地。斯温特莱纳动作实在太快，奥利维亚试图闪开，却还是被撞倒，侧躺在地上，蜷曲着身体。敏俊跳过来坐在了她的身上。

奥利维亚什么都做不了，只是蜷在地上挨打。

“快给我们解药！否则……”

这一切都发生得太突然了，我完全没时间反应。甚至有一刹那我在犹豫要支持哪一边。或许应该先把他们拉开？这时我听到了一声奇怪的尖叫。斯温特莱纳痛呼一声便躺倒在地，全身抽搐。

敏俊和丽萨身上也发生了同样的事。刹那间形势突变，他们三个倒在地上，像癫痫发作般地颤抖着。

我转过身去，见到了一个巨大的、黑色的、可怕的影子。他的脸上没有眼睛，什么都没有。

“谁再敢碰奥利维亚，我就让他死。”影子用低沉的，似乎带有些金属质感回音的声音说，“你们都得听她的。”

然后他就像鬼魂一样无声无息地顺着门口出去了。

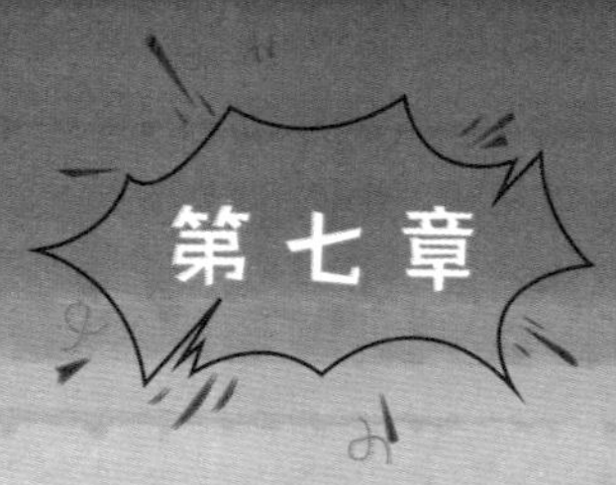

第七章

“那个是……国王？”我问道。我的嘴里忽然干燥得像吞了沙子。

“是。”奥利维亚回答道。她看上去又害怕又高兴，像被催眠了似的。

我过去检查敏俊、丽萨还有斯温特莱纳，他们像是从水里捞出来的鱼，依旧在地板上不受控制地扭动着。

“一会儿就没事了，”奥利维亚说，“电击而已。”

“电击！太可怕了。国王为什么偏偏保护你？他到底是什么人？”

“在这里我的任务比你们的都重要，你们还理解不了。”奥利维亚用很大的声音说，其实完全没有必要，“当然，你们很快就能明白了。这样无用的反抗对你们没有好处。以后我们就回到原先的状态吧，别再抓这个抓那个的了。”

“你的任务到底是什么？你已经让好几个人都感染上了这种可以杀死低语者的病毒，虽然低语者那么热爱和平。你已经把乔尼和我们变成了生物炸弹！”

奥利维亚没有回答。我宁可我的姐姐是全世界的任何人，也不愿是她。

知道现在没有人敢阻碍她，奥利维亚大摇大摆地走了出去。

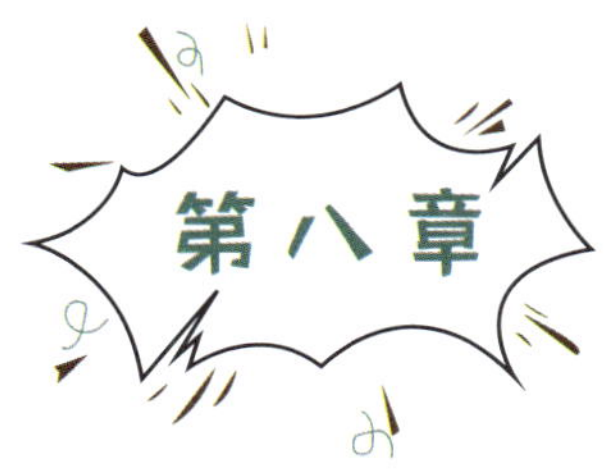

第八章

“乔尼又从病房逃走了，我无论怎样也找不到他。我就出去了一会儿，真的就一小会儿，等我回来的时候他就不见了。那小鬼肯定有超能力什么的。我估计他是去找我们之前发现的那个洞穴了。之前我讲在那儿的所见所闻的时候他特别感兴趣，说那是个跨星系通信器还是什么的，我也不太懂。”

“嗯嗯，好，你先听我说。”我说。

我把事情一件件地告诉了阿里，包括刚刚斯温特莱纳怎么闯进来，怎么遭到了电击，还有我们见到了国王。

“真的假的？”阿里听后脸色苍白得像纸一样，“你说他是个影子？什么样的影子？”

转眼间，阿里已经准备好出门了。我见过的所有人里他是唯一可以毫不犹豫地为其他人放弃自己生命的人，尤其是涉及乔尼的时候。

“等会儿。”我说道，“我可不想留在这儿。斯温特莱纳他们应该没事了。我跟你一起去。”

我拿了一罐功能饮料，然后立刻出门跑着跟上他。

我们走啊走，走啊走。要思考的事太多了，好像所有想说的话都挤在了嗓子里，一句也说不出来。

地上的雪已经完全化了。这里的四季变换快得不可思议，不久前地上还是厚厚的雪呢。

和上次比起来，现在我们走得轻快多了。我们走过了一个巨大的野兽的尸体，就是之前在暴风雪里救了我和阿里的那个被乔尼称为“巨兽”的野兽的尸体。虽然它救了我的命，但是我现在还是觉得恶心得想吐。它现在好像比之前更臭了。

我们走得很快，快到喘不上气来说话。大概阿里走这么快就是为了不和我说话吧。我的整个童年时代都是一个人度过的，所以现在有人陪我的时候我总是吧啦吧啦说个不停。

我扭头向后瞅了瞅，总觉得奥利维亚或者国王会从后面追上来，甚至会电击我们。

嘴里还是有铁锈的味道。我们休息了一下，对半分了一罐功能饮料。出来得急，我只来得及拿一罐。

“以前咱们都那么喜欢这种饮料，既有营养又好喝。但是现在我喝这个只是觉得恶心。人类对于自己喜欢的东西很快就会感觉厌倦，这一点真是奇怪。我们无时无刻不追求新的东西，仔细想想真是令人厌恶。”

“我也这么觉得。”阿里说，“好多人都已经厌倦了我，想把我换成别人才好。”

“我不这么想啊。”我说。

但是阿里没再回答。他不像我总是刨根问底。

“一般情况下我都非常反对使用武力，”阿里说，“但是现在我有一种强烈的感觉，我觉得你应该在奥利维亚杀掉我们之前先把她控制住。还有那个国王，虽然可怕，但估计我们应该能够控制住他。”

“可我现在没办法，枪都已经被用生物标记锁住了，只有奥利维亚才能打开。”虽然我想的和阿里一样，但我现在真的是无能为力。

过了一会儿，我告诉阿里："奥利维亚是我姐姐，同父异母的姐姐。"

阿里定在了原地。

"难道今天是愚人节？"阿里小声说道，"你骗我的吧？是她这么告诉你的？"

"没骗你。我自己也还没想明白。"我说，"我也还不确定这事到底是真是假。"

"那你信不信她是你姐姐？"

"我想不明白她为什么要用这件事骗我，"我说，"而且我妈妈知道我有这个姐姐吗？我觉得脑子里有一万个问题。她有没有可能是我姐姐？国王到底是谁？"

"乔尼是我弟弟，"阿里说，"我们有同一个妈妈，但是爸爸不同。你和奥利维亚当然也很有可能有同一个爸爸，但是不同的妈妈。对，就是这样，完全有可能。只是真的要理解消化这件事还需要一定的时间。我完全不记得我爸爸，对乔尼的爸爸也一无所知，但是我还是很爱乔尼。"

"现在秘密越来越多，而秘密的背后一定非常危险，就是……"

哇！

它就这样突然凭空出现了，那么高大，简直可以用“伟岸”形容。我几乎要向它鞠躬行礼。

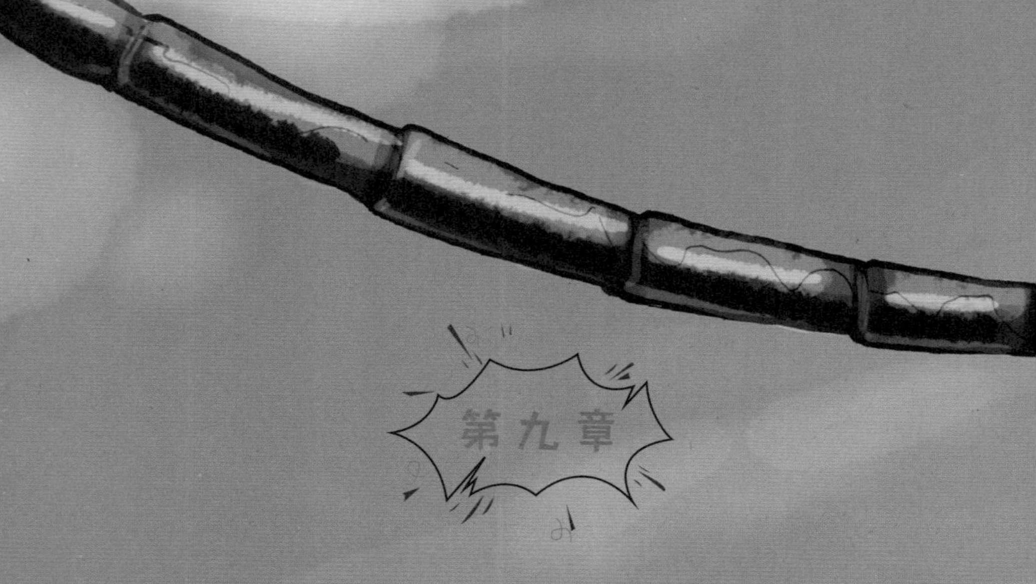

第九章

低语者盯着阿里，忽略了我。

阿里也盯着低语者，表情严肃，一言不发。

他以前从来没这么近距离地见过真的低语者。现在，这个巨大的低语者就平静安宁地站在那儿。

“它……跟你说什么了吗？”阿里问。

我闭上眼睛。当然，它在说话呢，我感到全身都因为它的声音而震动着。

“你的弟弟……很安全。”低语者说，“别找他了。他已经跟它们联系上了。”

阿里吓得下巴都快掉到地上了，站在那儿一动不动。低语者有神奇的力量，并且据我们所知，它们不会撒谎。

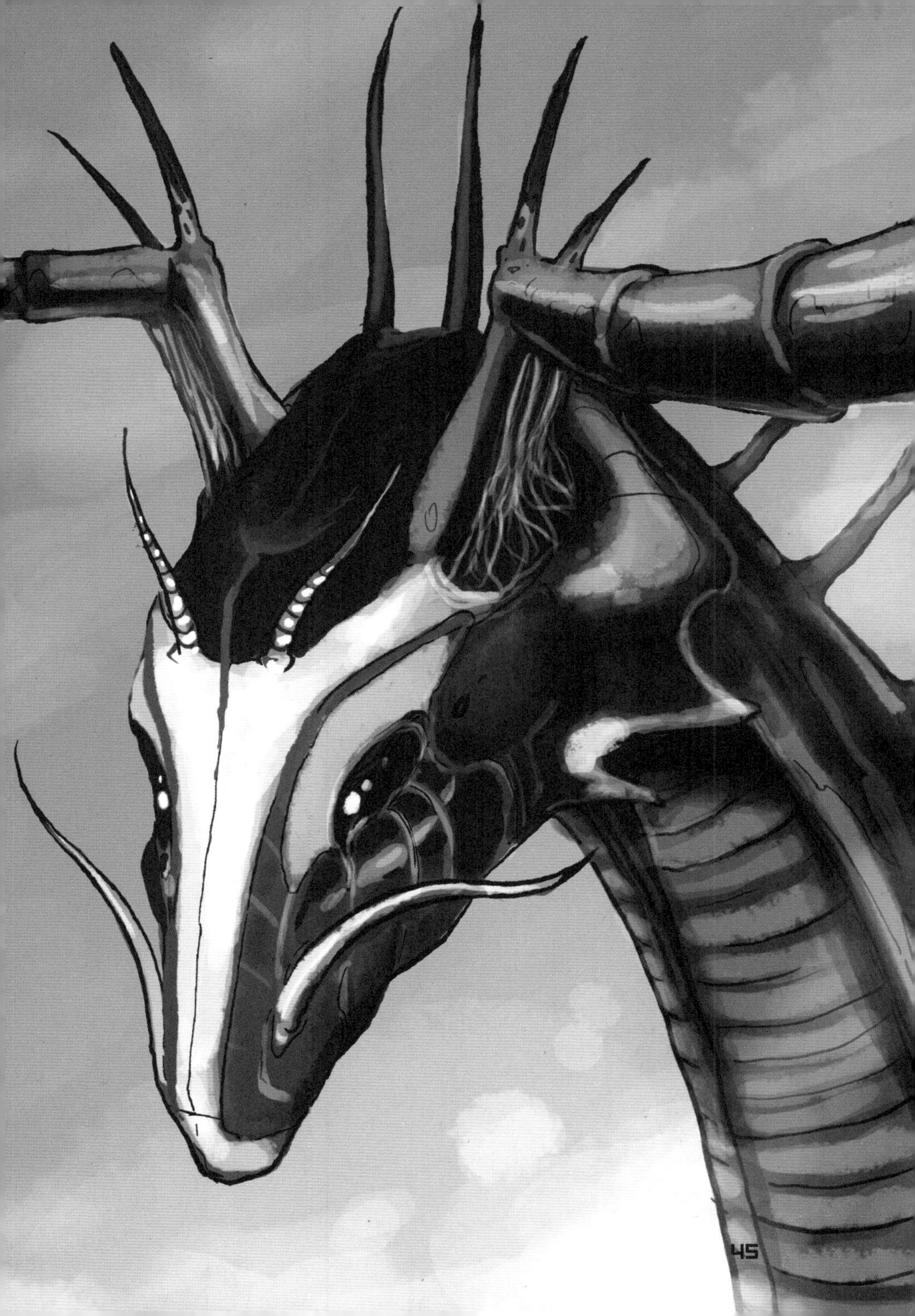

“什么？”阿里终于说话了，“联系上了？跟谁联系？你得帮帮我们……”

可他的话还没说完，低语者已经闪身到了树丛后面，不见了。

忽然身后传来一阵不祥的骚动。我们同时飞速转过身去。

奥利维亚站在我们面前。她后面还有六只熊一样的生物，我把它们叫作嘶嘶兽。还没有生物书能明确告诉我们这种生物到底叫什么。

“什么？你居然没把她锁回笼子里，并且没告诉我。真是笨到无可救药！”

阿里说完，睁大眼睛盯着我。他的眼睛就像是两个黑洞。他没见到电击的场景。

“你们不能就这样自己走在荒地里，回营地去吧。”奥利维亚说，“你们不配合的话……”

“怎么样？”阿里问。

阿里向奥利维亚走了过去，从表情看，他似乎想空手就把她制服了似的。

但是奥利维亚转身飞速抽出一支我从没见过的奇怪的手枪，射向了阿里。

“啊——”阿里大叫一声，捂住了自己的脖子。我看到他的脖子被一支小针射中了。他忽然像被剪断绳子的木偶一样摔倒在地，一动不动。自从国王来了之后，突然之间奥利维亚多了各种各样的武器。

然后，我同父异母的姐姐就转过身来，用麻醉枪对准了我。

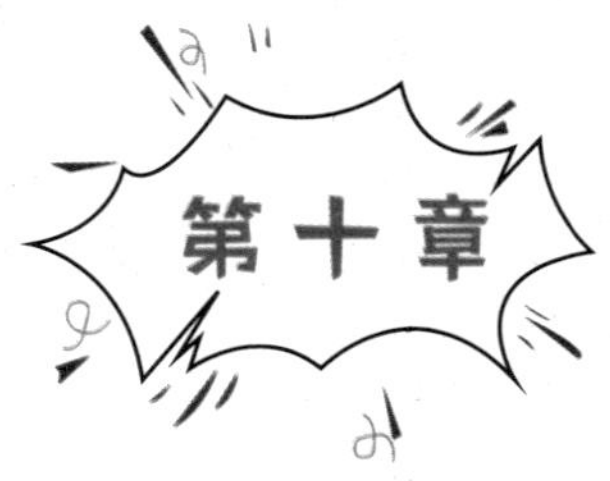

第十章

我逐渐苏醒过来。稍微扭头，看到阿里正躺在我旁边的床上。房间里只有我们两个。

又回到病房了，这地方简直像是被诅咒了一样。现在我觉得如果病了在哪儿休息都比在这儿安全。

我觉得头疼，浑身无力。之前没把奥利维亚好好锁起来真是个笨透了的决定。

在开普勒 62e 星球上也不是所有东西都很高科技，比如现在我就被一个非常原始的手铐限制在床上。居然有手铐！奥利维亚从地球来的时候真是考虑得周全，连手铐都没忘记带上。当时他们肯定已经考虑到我们来了之后可能会不听话，可能会造反。

我觉得有点反胃，同时也有点饿，但这都不可怕。最可怕的是我发现自己浑身散发着臭气，几乎要把自己臭晕过去了。人被绑在床上动不了，对自己的臭味也束手无策，真是可气。

“我们现在这么臭都是因为那些嘶嘶兽，”阿里在一旁小声说，“肯定是它们把我们抬回来的，它们身上的臭味就沾到了我们身上。它们臭得像‘大西西大呼呼’似的！”

“‘大西西大呼呼’？”听到这种无厘头的叫法，我几乎要笑出来了，可无奈脸上的肌肉还很僵硬，笑不出来。

“对啊，”阿里继续嘟囔着说，“原来我和乔尼好久不洗澡的时候，妈妈就这样叫我们。那时候妈妈常常出门，很久很久不回家。因为没有人管，我们有时候就会很久都不洗一次澡。”

我想把头多转向阿里一点，但是脖子太僵硬了，一点也转不动。

“都是你亲爱的奥利维亚姐姐给我们注射的安眠药，”阿里说，“我……又要睡了。”

“这个安眠药的剂量大概是给大象准备的。”我说。

我努力地低下头，又试着抬腿。我发现除了手上有手铐之外，我的一只脚踝上还被套上了一条黄色的塑料脚环。哎，“照顾”得可真周到啊。

忽然传来轻微的“嗖”的一声，病房的门开了。

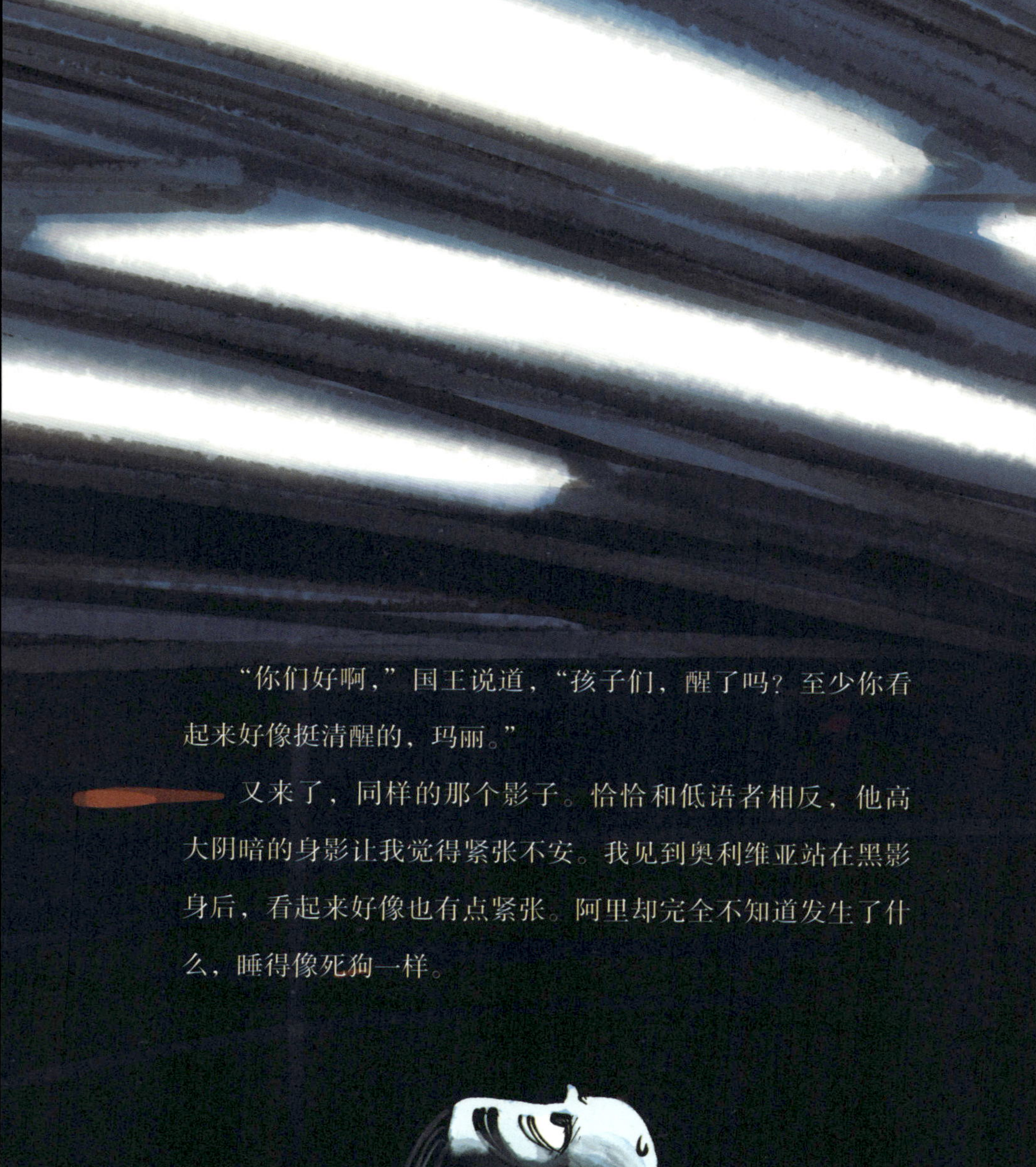

“你们好啊，”国王说道，“孩子们，醒了吗？至少你看起来好像挺清醒的，玛丽。”

又来了，同样的那个影子。恰恰和低语者相反，他高大阴暗的身影让我觉得紧张不安。我见到奥利维亚站在黑影身后，看起来好像也有点紧张。阿里却完全不知道发生了什么，睡得像死狗一样。

第十一章

“我带来了一个人，你可能想和他打个招呼。”奥利维亚走到我身后说。从她的声音可以感觉到，她有点害怕。

“你是谁？”我盯着这个巨大的、黑暗的、影子一样的身形问道。他看起来就像个影子，因为他甚至连头都是漆黑的，我连他的眼睛和嘴巴都区分不出来。

他还是不说话。无论他是谁，他都一定是连环画看得太多了，才把自己打扮成这样。

“你是国王吗？”我问道，“真的吗？你可知道我才是真正的公主，可是我不认识你啊。所以我得请你把你身上的黑衣服脱下来，跪在我的面前，我还可能可怜可怜你。”

我努力想开个玩笑，但我控制不住自己紧张的声音。

“玛丽。”那影子说。

我大吃一惊。

他的声音听起来好像是从变声器中传来的。很久以前妈妈曾经从恶作剧玩具店买过一个变声器，那家店还卖会发出放屁声音的枕头，还有黄色的带血的假牙。爸爸只拿那个变声器玩过一次，好像是扮作蝙蝠侠还是什么的。那大概是我对爸爸最美好的记忆了。

这身黑衣服里面真的是人吗？还是一个被设置成国王的机器人？或者是个极度危险的机器人士兵？它是不是一直躺在第十三个休眠舱里，直到最近才被拿出来，装上电池，现在就来用奇怪的声音假装自己是国王，对我们说话，还用超强的电流击晕我们？

“把她放开，”国王说，“把另一个小鬼也放开吧。他虽然现在还睡得人事不知，但估计一会儿就该醒了。”

在奥利维亚俯下身为我解开手铐的时候，我从她的一只眼睛里好像看到了什么。阿里觉得奥利维亚的神经系统是被改造过了。对神经系统进行改造是现在联邦控制人们的一个手段。如果有的人太不听话，或者有别的什么原因，联邦就对他的大脑做些改动，这样以后他就只为联邦考虑。乔尼和阿里的妈妈就是这样，几乎变得像机器人一样。

我坐起来，揉着手腕。阿里要是醒了，肯定会对“小鬼”这种称呼非常不满。但现在看来他还睡着，至少假装睡着。

“玛丽，你的任务是指挥我们的战斗部队。”国王说。

“是吗？”我说，“小菜一碟，或者，在这儿应该说一小碟虫子蛋白质粉？敌人是谁呀？”

“你当然清楚。”

“我不清楚。我看你才是敌人。”

“玛丽，”他说，“你知道我们真正的敌人是谁。”

我当然知道，能不知道吗？低语者！至少他们想让我们认为低语者是主要敌人。

“可我做不了指挥官，我连枪都用不了。”我说，“枪都被生物锁锁住了。”

“这个问题会解决的。”国王说。

“你要不是瓦利为武器制造公司秘密制造组的人的话，恐怕你也没办法解决这个问题。估计现在只有奥利维亚和我的爸爸才能……”

我忽然看出来为什么这个国王看上去像个影子似的：他全身上下都罩着一套贴身的黑色衣服，这套衣服把他完全裹了起来。但他好像有什么办法能透过这套衣服看到我们。

慢慢地，他把头上的兜帽摘了下去。

认出他来的那一刹那，我感觉自己被无边无际的黑暗吞噬了。

我晕了过去。

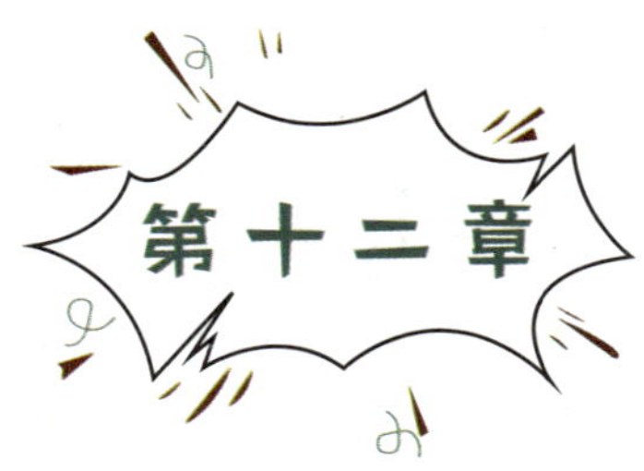

第十二章

“爸爸并不危险，玛丽，我们必须和他在一起。是他救了我们，他也需要我们。爸爸已经做好了计划。”

奥利维亚伸直双手一动不动地站在那儿，盯着我，就好像在充电的机器人一样。

我不知道自己晕过去了多久，可能就几秒钟，也可能已经过去了几个小时。奥利维亚把我扶到椅子上坐着。大概已经过了一段时间，因为爸爸已经不在房间里了。

阿里说的绝对没错，奥利维亚毫无疑问是被改造神经系统了。

“你是认真的吗？你以前就知道在那个休眠舱里的人是爸爸？”

我想让气氛稍稍轻松一些，但是其实我压抑得想吐。忽然之间，我在这儿有了姐姐，有了爸爸，尽管我穿过虫洞旅行了 1200 光年只是因为想逃离我的家庭。

“你是说，你其实从内心深处一点也没意识到会是这样？”

“这太恶心了，恶心，恶心！”我说，“爸爸为什么要来这儿呢？来的话为什么要藏在休眠舱里呢？而且还假装自己是什么国王！我们的爸爸就是个穿着高科技连体服的、以自我为中心的坏人！”

奥利维亚摇了摇头。

“爸爸爱你，玛丽。绝对不能让地球上的任何机器人知道他坐飞船来到了这里。这是绝对的秘密。这个项目的绝大部分都是爸爸资助的，他也是这个项目的总工程师。”

我感到自己的大脑在飞速运转，处理她告诉我的信息。

“从我记事以来，关于爸爸的一切都神神秘秘的，”我说，“但是我清楚事实，就是他是杀手，是大坏蛋，是疯狂的电影专家，并且他想统治整个地球。可能地球还不够，他还要统治整个宇宙！哇！哈！哈！我们阻止他吧，奥利维亚，现在就行动。”

奥利维亚脸上没有任何表情。

“你还不明白？低语者一直警告我的，盒子里的人，就是爸爸！”我说，“它们告诉我盒子里的人很危险。你也一直害怕他呀。现在你终于能自己动脑子想一想了。”

“你确实和它们有联系！我就知道！就按照现在这样继续和它们保持联系！”奥利维亚说，“所以你才这么重要，你是我们的秘密间谍！我们必须战胜它们，把病毒传染给它们。直到所有低语者都死光了我们才能获得真正的自由。”

“我不能既做指挥官又做间谍吧。”我边说边瞅了阿里一眼。他还是没醒，我有点担心了。

我真想狠狠地打奥利维亚一顿，因为她做了这些坏事，也因为我想看看，她到底是人还是机器人。

奥利维亚抓住了我的手腕。

“走，去我宿舍。爸爸在那儿等着我们呢，他有个很大的计划要告诉我们。”

“他管自己叫国王！”我说，“仅这一点就够恶心了。”

奥利维亚什么都没说，可能她心里觉得爸爸是国王是件很厉害的事吧。

“我有点不舒服，”我说，“我去下卫生间，然后吃点东西，行吗？你能不能在这段时间别总盯着我？也最好别再往我脖子上射安眠针？”

奥利维亚看了我一会儿，微微点了点头。她点头的动作那么小，我几乎难以确定她是不是真的点了头。

“我那里什么都有，”奥利维亚说，“等阿里醒了我们带他去我那儿。我已经把他的手铐打开了。所以你要去卫生间就快点，别磨蹭了。”

我好担心。爸爸和奥利维亚看上去非常自信，甚至不担心我和阿里或者其他队员与他们作对。他们一定已经做好了一个非常狡猾的计划。

第十三章

不久之前，一只低语者突然出现在我们面前，告诉我们不用为乔尼担心。当时我真是又惊又喜，甚至忘记了要警告它们奥利维亚和爸爸的卑鄙计划。

我走得飞快。现在想太多也没用，得采取行动，制订计划。我能不能想办法限制奥利维亚和爸爸的行动，消除他们的威胁？或者，在最极端的情况下我可能得杀掉他们？真走到那一步就不用再考虑这些问题了。

可现在我必须先去警告低语者。告诉它们现在爸爸视它们为敌人。我已经从营地走出来了几百米，正走在一片沙滩上。在营地我好像听不到低语者的声音，当然也有可能是因为它们已经把我也划为敌人，不再和我说话了。

我开始跑起来，跑得飞快，就像一只不知道自己得了狂犬病的狗一样。其实我知道我的脚上还戴着瓦利为的黄色脚环，他们随时都能监控我的位置。

我必须找到它们。我知道它们不肯来离营地太近的地方。最后一次见到它们是在森林里，我觉得低语者好像没有什么好奇心，它们应该只想和平地过自己的生活。我也是一样。也说不定它们早就知道了这一切，因为它们可以直接读到人的思想。仔细想想的话，好像对它们来说我们根本没有什么秘密可言。

沙滩上有一块大石头，上次我就在这里听到了它们的声音。我停了下来，静静地等着。

我的脑海中寂静无声。

通常情况下都是它们联系我，我是找不到它们的。

还是什么声音都没有。

绝望的情绪开始蔓延。

低语者喜欢音乐，喜欢舞蹈。

想到这儿，我开始跳舞，跳的是小时候偶尔会跳的那种。我不停地旋转，一圈，又一圈，又一圈。我转了好久好久，直到最后觉得天旋地转，头晕甚至呕吐了才停了下来。或许我是真傻吧。

“求求你们了。”我乞求道。我从地上抓了一把草叶，擦了擦嘴角因为呕吐残留的污渍。

死寂。

死寂。

死寂。

我直接坐在地上，像商场里与妈妈走散了的孩子一样大哭起来。

“什么东西被拿走得越多就越大？”

我的心脏好像停止跳动了整整三下。

“坑。”我做出了与上次一样的回答。

低语者很喜欢猜谜语。不知为什么，我恰好在猜谜语方面很是擅长。大概是小的时候我没有什么朋友，所以读了很多书的缘故，比如我读过一整套《十万个为什么》。

“在盒子里的男人对你们所有人都很危险。”

我深吸了一口气。我并不知道低语者在哪儿，但是我感到心里一阵悸动……我也不知道用怎样的词语能表达现在的感觉。

“我知道。”我回答它，“你们必须进行反击，在我们对你们造成危害之前阻止我们。请使用你们的特殊能力吧。”

过了很久很久都没有听到它们的回答。难道它们没听明白吗？

“我们不想杀戮，也不想任何人受伤。如果使用武力，我们也会迷失自我。”

还是没见到低语者。似乎是很久以前的事了，在 51 区的时候我见到过一只低语者。是说它迷失了自我吗？奥利维亚说它曾经控制了研究员的思想，并且仅仅凭借对研究员思想的控制，就使得好几个研究员身亡。后来研究员们就研发出了特制的可以防止低语者窥探人类思想的头盔。我确定爸爸一定参与了这种头盔的研发过程。大概就是因为这种头盔，它们才这么怕爸爸。

“我现在应该做什么？”我问，“你们必须帮帮我。你们有能力，可以……可以让一切恢复原有的秩序。有时候必须用武力保护自己才行。”

又过了好一会儿，才有低语者回答我：“你能相信的只有善，再无其他。”

善？

“什么意思？”我问。

我等啊等，低语者却没有回答。

它们到底在担心什么？善？低语者大概是全宇宙最厉害的生物之一了，它们简直无所不能，却只要我相信善？我要把奥利维亚带来的所有头盔都藏起来。还有国王……所有把自己称为国王的人都不是真正的国王。

“善，到底是什么意思？”我又问道。

“你现在只能做一件事。”

我深吸一口气：“是什么？”

我不知道问了这句之后到底等了多久，是一秒钟，还是整整一个世纪。“我能做什么？”我问道，“到底是什么？”

“抱有希望。”低语者说。

不知怎么，我知道自己不会再从它们那儿得到更多的答案了。

第十四章

抱有希望?

我失望至极。

真不知低语者到底是怎么想的。它们难道就不想拯救自己，拯救自己的星球?

我本以为奥利维亚或者爸爸会偷偷跟在我后面，因为我的脚环一定很好追踪，但是他们并没有这样做。难不成他们是想等我联系上低语者然后过来突袭?奥利维亚很狡猾。

四十五分钟之后我回到了营地。

奥利维亚意味深长地看着我，但是爸爸，伟大的瓦利为国王，连眼皮都没抬一下。他们当然知道我刚刚去了哪里。

大家都集中到了这里。斯温特莱纳、敏俊、丽萨都已经可以慢慢走路，虽然还是颤颤巍巍的。好像少了谁——阿里去哪儿了?难道他还在病房里?

“我就直说吧。低语者就是低等生物。”爸爸说，“它们确实有些奇怪的、很有杀伤力的能力，但是总的来说，它们就是巨型的虫子而已。我们必须歼灭它们。你们以前已经做过一次了，上次能做到，以后也一定可以做到。它们很幼稚，和我们比起来它们的思维就像孩子一样简单。你们去找它们，它们就会出于本能地帮助你们，照顾你们，然后就会被你们传染。”

“要我们把病毒传染给它们？”丽萨当然已经知道国王的回答，但她还是忍不住问。

“你们都已经感染了这种病毒。这种病毒虽然对低语者非常有杀伤力，但是对你们来说并没有什么危害。”

“可阿尔伯特已经死了。”斯温特莱纳说道。

奥利维亚飞快地看了爸爸一眼。

“很有可能只是他运气不好，”爸爸说，“大概他是在感染这种病毒之前就已经患了别的疾病。但是他的死给我们带来了宝贵的经验。你们把低语者都传染了之后，我就立刻给你们解药。”

“可我们并不想……”斯温特莱纳的声音有些颤抖，“我们想……”

“当然这事要讨论也不是不行，”爸爸说，“但是讨论的结果就是，我说什么你们就做什么。”

爸爸从口袋里掏出来一个小设备，看了一下。

“阿里怎么没在这儿？从定位看他正在仓库里折腾呢。真想不到他刚醒来就这么精力充沛。你去把他带来吧，奥利维亚。”

奥利维亚顺从地点点头，然后出去了。

“您想喝杯茶吗，国王大人？”丽萨问，她给爸爸递过去一个小杯子，“煮茶的水是从像荷花的花瓣上收集来的晨露，茶是……”

“放这儿吧，谢谢。”爸爸说。

他稍一点头，随后拿起杯子，将茶水一饮而尽。

“希望我们能站在同一战线上，向着同样的目标努力，根除挡路的敌人。哦嗬！这茶劲很大嘛。”爸爸说。

他直勾勾地盯着我们看了足足四秒，然后瘫倒在了地上。

希望真是个复杂的东西。

第十五章

“那是我特别配的茶，”斯温特莱纳说，“快来！咱们去仓库找奥利维亚说清楚。”

我稍微犹豫了一下，然后快步跟上了其他人。

“要不要先把国王捆起来？”我问。

“一会儿再回来收拾他。”斯温特莱纳说，“我保证他一时半会儿醒不过来。”

我们来到仓库的时候，阿里已经彻底清醒了。他不知哪儿来的力气和本领，居然已经制服了奥利维亚。

看来，斯温特莱纳和阿里早就悄悄计划好了这次行动。我有点嫉妒他们做这件事居然没让我知道。

奥利维亚被捆得紧紧的，已经放进了休眠舱里，就是她从地球来的时候用过的那个。阿里在我们听国王说那些有的没的的事情的时候，就已经把这一切都处理好了。

“你要是不肯给我们解药的话，我们就把你永远锁在这

个休眠舱里面。我们可不想死。”斯温特莱纳说，“是你之前骗了我们。所以你现在躺在这儿，也只能怪你自己。”

奥利维亚很是紧张。在休眠舱里不会很舒服。

“要是把我锁起来你们就永远也拿不到解药了。你们现在只有服从我这一条路可走。我和国王向你们保证，消灭低语者之后就立刻给你们解药。”

“不行，”我说，“你们只会撒谎。阿尔伯特就是因为你们撒谎才死的。”

“国王会惩罚你们的。他会……”

我“砰”地关上了休眠舱的盖子。盖子顶上有一扇小窗，能看到奥利维亚苍白的面孔。

我们几个孩子互相看了看，点了点头，然后大家一起向外走去。

我却悄悄留在了房间里，等了几秒钟。从休眠舱里传来几下微弱的敲击声。

我走过去，又打开了休眠舱的盖子。

“这是你最后的机会了，奥利维亚，”我说，“斯温特莱纳已经把国王毒倒了。现在大权在我们手里。你什么都不用说，只要指给我们解药在哪里就好。”

奥利维亚看了我很久。最终，她向休眠舱内壁上的一个小盒子点了点头。每个人的休眠舱里都有个一样的小盒子，在从地球出发的时候，里面可以放几样小的个人物品，也可以放亲人的照片之类的。我的休眠舱的小盒子里面放了装有妈妈相片的吊坠。我没有保留任何一张爸爸的照片。奥利维亚竟然把装有所有人解药的安瓿藏在了这里！真是可气，我居然完全没想到。

我拿了安瓿，没再关上休眠舱的盖子，但也没放奥利维亚出来。注射解药有斯温特莱纳就够了，用不着奥利维亚的帮助。

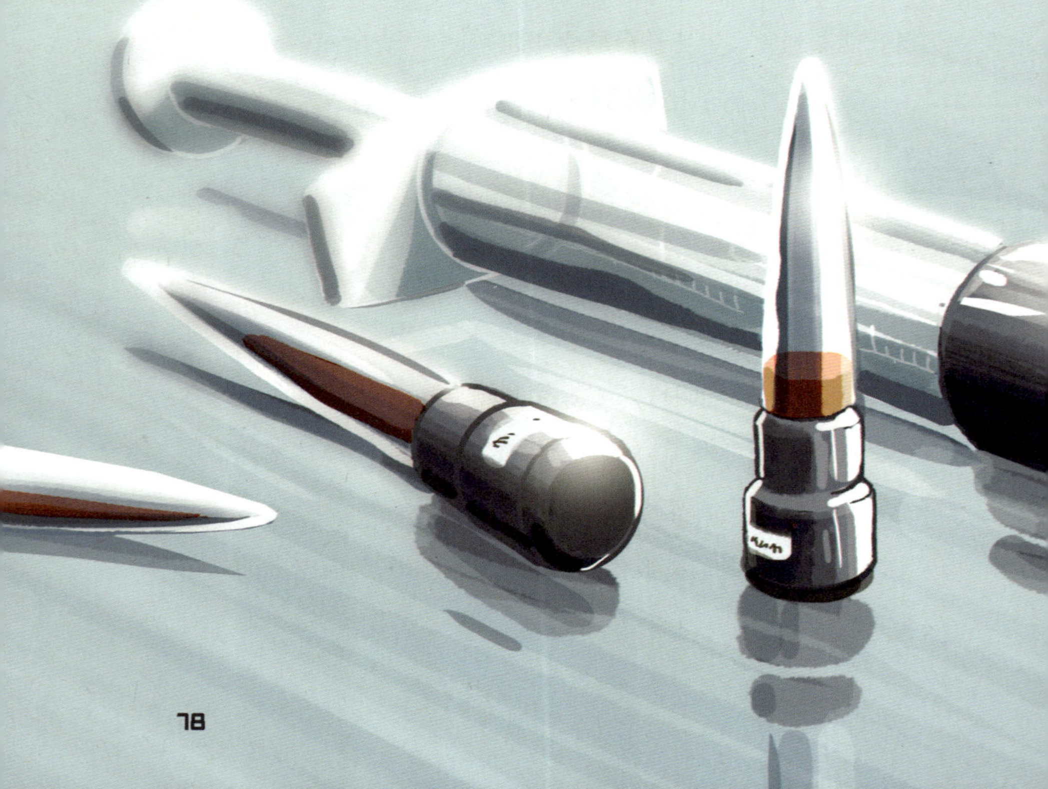

除了我和阿里不需要解药之外，每个人都伸出了手。事情进展得很顺利。每个安瓿上都标记了名字。这次打针可没有人害怕了。斯温特莱纳打针的手又稳又快。

“哎！真是解脱了，现在注射了解药就再也不用担心那种莫名其妙的病毒了！”很快，大家都七嘴八舌地讨论起来。

“我们不用担心病毒的事了，以后说不定会越来越顺利。”我说。

“现在咱们回云把国王捆起来吧，”斯温特莱纳说，“把他关进笼子里去！”

我们一起向外走去。已经很长时间没有过这么轻松的气氛了。

“国王那疯子到底是谁？”阿里问。

哎呀，我都忘了，阿里还不知道。

“你先做几个深呼吸，阿里，我得告诉你一些可怕的事。”

然后，我就告诉了他关于我爸爸的一切。我告诉阿里我爸爸是怎么一路藏在第十三个休眠舱里到达这里的，以及为什么说他是全世界最危险的人。我还告诉他，为了保护低语者，我现在什么都做得出来。除此之外，我告诉他爸爸其实是病毒、神经系统改造，以及好多别的坏事的幕后主导者。

阿里边听我讲边摇头。

“先是你姐姐，然后又是你爸，简直难以置信。”

阿里脸色苍白，我知道这是因为他很生气。

“所以是你爸毁了我妈妈！”他最后说。

我点点头：“至少做神经系统改造要用的那个设备是他参与制造的。”

“乔尼还带有病毒，我得再去找他。”阿里说。

“我跟你一起。但是我要先去仓库检查一下枪支，”我说，“虽然我现在还打不开那些生物锁，但或许我能跳过锁的限制想到使用这些枪的办法。”

我飞快地走过去拥抱了阿里一下。

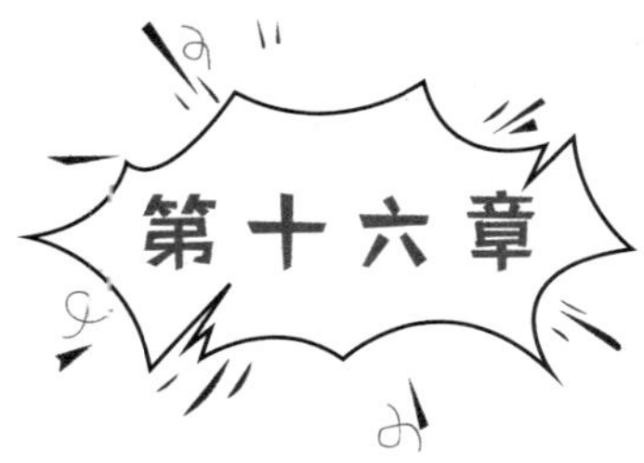

第十六章

“我原来还不知道你居然这么暴力。”一个我现在最不想听到的声音说。

这声音听上去有些飘忽不定，大概是还受安眠药的影响，但不管怎么说，爸爸已经醒了。不仅醒了，他还几乎能站能走。只是现在他那紧身的衣服不再让人觉得可怕，反而滑稽得像是缩了水的花样滑冰演出服，而爸爸就像是个年迈的滑冰运动员。

但即便这样，他从阴影里走出来的时候我还是被吓了一跳。他的状态比我想象的要好很多。

斯温特莱纳的安眠药或许确实起效快，但作用绝没有她说的那么持久。我才不信她是用从像荷花的花瓣上收集来的露水沏的茶呢。

虽然爸爸从仓库里逃了出来，我却并不害怕他。

“你都走到这儿啦，不错嘛，”我说，“但你到底还是我们的俘虏。”

爸爸用深色的眼睛盯着我。这或许是我从小到大第一次与爸爸正式谈话。

我小的时候总是等爸爸回家，但他从来都没回来过。到最后我只好不再想念他。现在想来，我简直怀疑他是不是从来都没爱过我。

但不管怎么说，现在我都听不进去他说的话。我检查了一下周围的环境。

仓库里的武器还有很多，但是这些普通手枪、左轮手枪，以及自动步枪并不让我担心。真让我有点忧虑的是这里忽然多出来了许多奇怪的，像是花园里浇水用的喷水管一样的东西，每个管子后面还连着一个储藏罐，它们排成长长的两排，有三四十个。

过了整整三秒，我才想明白这些是什么：喷火器。

当然是喷火器，它们大概就是爸爸的备用物品。喷火器对低语者来说并不能造成什么直接危害，但它们可以轻松把草原烧成灰烬。

低语者那个看不见的玻璃墙可以阻挡子弹和炸药，但它们最终还是要生存在草地上，而火对草地来说是最危险不过的东西。所以，喷火器甚至比在 51 区或者爸爸的兵工厂里研发出来的病毒更加危险。

对爸爸来说，子弹、火药、化学武器都没有区别。病毒虽然厉害，但恐怕低语者不会再次上当；而火的威力在上次嘶嘶兽们把低语者的村庄烧为废墟的时候我们就已经见到了。

“人类总是下意识地想把还不了解的事物全部铲除，这种事在历史上已经发生过无数次了。”我说。

爸爸并没有说话，只是摇摇晃晃地站着。他看起来非常不适应自己这种脆弱又无助的状态。

“若是想成为一片土地的国王，统治者，那在不得已的时候可能确实需要杀戮。但是把反抗者关起来，以后有需要的时候利用他们却是更好的办法。如果能够驯服低语者，它们将来就会成为能力最强的帮手，对吧？只可惜你现在连我都管不了。要不然我干脆把这个仓库烧了吧？这儿有没有打火机或者火柴什么的？”

爸爸被我吓得深吸了一口气。他显然根本看不出来我是不是认真的。在孩子们小的时候就完全不陪伴他们，长大了就会这样。

“但愿你不是真想把这一切都毁掉，玛丽。”爸爸说，“你仔细想想，这星球上有植物也有动物，还有四季变化，简直就是我们的天堂啊！只要我们把害虫消灭掉，这天堂就完美了。”

“我哪怕只剩一口气，也要和你斗争到底！我一定会终止你的计划。”

“我知道你喜欢和我作对，但现在不是时候。我们现在首先得保证人类的存活。在地球上我们就太不警惕，所以游戏才会统治地球。现在在开普勒 62e 星球上，我们必须占有绝对的统治地位。”

真不知道被我称为爸爸的这个人到底是谁。

“瓦利为大人，我得向您请教，”我说，“到底发生了什么造成了如今无法控制的局面？是你粗心大意了？还是无聊了？说真的，你是怎么一不小心用个电脑游戏就把地球毁灭了的？那个游戏可是你开发的。你和奥利维亚一起研发的传染给我们的病毒也是一样。难不成你的计划从最开始就是要毁灭一切，以便之后搬到另一个星系、另一个行星上，方便自己称霸？但我必须告诉你，你的病毒计划已经失败了。我们已经全部注射了解药。奥利维亚根本无法拒绝我们的要求。你已经输了。奥利维亚现在正被关在她自己的休眠舱里。”

爸爸看着我，摇了摇头。

“我真不该让你小时候和你妈妈在一起那么久，”他说，“你现在就变得和她一样，疑神疑鬼的。她本来就有精神问题，应该一开始就直接把她送到精神病院才对。”

爸爸向我走了一步，却因站立不稳再次摔倒在地。也不知道斯温特莱纳给他下的是什么药。

“你刚刚又犯了个大错，”我说，“你说了我妈妈的坏话。所以我只好马上把你关进休眠舱里了。”

“你怎么这么久还不回来？我们都担心了。都还好吗，玛丽？”阿里出现在了门口，问道。

“你的小英雄来了，玛丽，”爸爸虚弱地说，“我女儿和我之间的感情确实有点隔阂，但是我并没有你们想象的那么可恶。”爸爸甚至试着对阿里微笑了一下。

“可不是嘛。”我说。

“我自己还是小孩子的时候，各种机器就已经发展得越来越智能，开始有引导人类的趋势。那时瓦利为家族里的老一代已经看到了地球终将被机器占领，未来不可避免，所以我们只好继续做我们最擅长的事……”

“你们制造武器和贫瘠，并用这些统治地球，这算是什么逻辑？”阿里说。

“我们尽量保持地球上的状况稳定。”爸爸说，“后来我们也逐渐创新，比如培养战斗机飞行员这种事变得越来越不重要了之后，我们就把目标转向了游戏市场，开始招募那些几乎不出门也没朋友、只会宅在家里打游戏的人。”

“是你开发了天蝎这个战争游戏，让它窥视全世界的玩家，才造成我们现在不得不来这里的局面。”阿里说。

“是。游戏也成为我们新的招募手段。这些只会打游戏根本没有生活的人，现在成为我们新一代的精英战士。世界一直在变化，这根本无法阻止。不幸的是那个游戏自己还会不断学习、不断进化，现在我们也没有别的科技手段保护我们自己。很多机器早已被那个游戏控制了。”

“我真不明白，你怎么总是翻来覆去说这些呢。”我说。

爸爸干脆躺倒在地上，说：“战争就是一切发明的源泉。自古以来战争一直对地球上发生的事影响非凡。如果没有瓦利为兵工厂，也自然会有别的更坏的什么东西浮现出来，占领统治地位。”

“影响非凡”“更坏的”，都只是些空洞的词语，没有任何意义。

敏俊、丽萨和斯温特莱纳站在了门口，一言不发地看着我们。

“你也姓瓦利为，玛丽。从心底里你和我一样，你就承认了吧。你喜欢枪，喜欢射击，喜欢枪带给你的力量。你想明白这些之后会更开心的！”

“这完全不可能。”我说，“阿里，还有你们，来把这位自己册封的国王抬到休眠舱里去吧。他累了，得好好休息。”

大家稍微犹豫了一下，就都聚过来蹲在爸爸身边，准备把他从地板上抬起来。

在我们摸到他的衣服的一刹那，发生了匪夷所思的事：那件衣服竟发出了奇怪的沙沙声。

原来那件衣服本身也是一件武器！一条蓝白色的闪电击中了我，从我身上的几亿个细胞中逐一穿过。

在失去意识之前的最后一秒，我瞥到爸爸居然像是在微笑。当然，绝不能因为他的微笑而放松警惕。

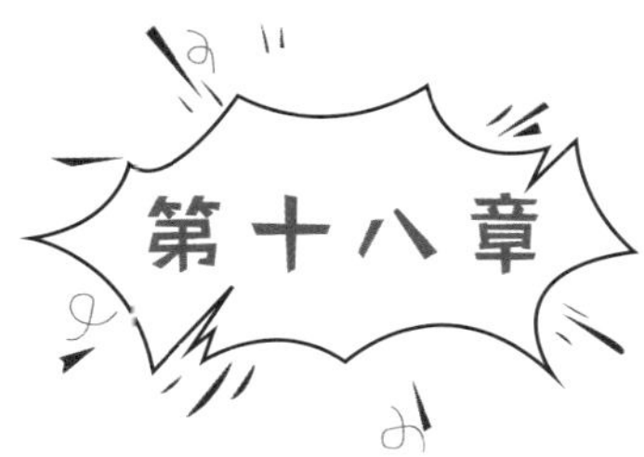

第十八章

“我最讨厌那些不会动脑子的孩子。”爸爸说，“你真以为自己能超越我？我知道到了最后你们都会向我投降。现在我必须把你们的大脑稍微调整一下，不能让你们总想那些疯狂的事。”

我和阿里被抬起来，然后分别放在了轮椅上。他们甚至连轮椅都从地球上带来了！

我们已经没有抗争的余地了。现在的情况和几分钟前截然相反，爸爸和奥利维亚又完全占据了上风。

我觉得恶心，头晕，但好在这次爸爸并没有给我们注射上次用的那种麻醉针。每块肌肉都像是不停地被小闪电击中一样又麻又痛，抑制不住地颤抖。因为戴着金属手铐，手腕的位置最痛。就连爸爸身上穿的衣服都是这么厉害的电击武器，可以麻痹神经、我们还有什么取胜的可能呢？

“现在你们都注意了，好好看着。”爸爸说。

斯温特莱纳躺在我不久前躺过的床上，双手双脚都被捆住了。她把头扭向我们，满眼都是恐惧。虽然她什么也没说，但是我们清楚她当然不是自愿来做这只“小白鼠”的。敏俊和丽萨也一样被绑在床上。

奥利维亚打开了一个被密码锁锁住的柜子。我没能看见她输入的密码，她很小心地用手挡住了。

她取出了一个丝绸袋子，又从袋子里取出来一条黑色的似乎是用橡胶做成的管状物。

“麻醉剂呢？”爸爸问道。

“马上就好。”奥利维亚回答。

她把那条管状物递给爸爸。

“这是什么？”我问。

爸爸微笑了一下，说：“这是我迄今为止最伟大的发明。这个设备可以帮助人们达到精神层面的平衡状态。我和联邦合作，投入了几十亿才研发出来的。”

“这破管子到底是干什么用的？”我其实猜到了这是什么，但还是想听爸爸亲口说出来他准备怎样毁掉一个人的灵魂。

爸爸又笑了。

“这个管子叫环脑仪 3.0。和上一代比起来，第三代技术进步了许多，整个过程现在只需要两分钟就能完成。为了不让低语者控制我们的思想，所有人早晚都要做神经系统改造。51 区研发的头盔性能并不完善，但保险起见，那种头盔我们也带来了几个。”

我惊讶得说不出话。爸爸到底觉得我有多傻？

“你自己都不信这套鬼话吧，你从来没想过要给自己做神经系统改造，对吧？”稍稍平静下来之后，我说。

现在轮到爸爸哑口无言了。

我觉得毛骨悚然。我之前从没见过这种黑色的管子，但我知道，这一定就是用来做神经系统改造的设备了。神经系统改造就像是一个高级的大脑局部切除术，手术后人会完全按照指定的方式思考行事。

“这个设备首先会向人脑射入一个非常精致的小芯片，然后设备就在这个小芯片的控制下操作，直到达到最终状态。”

“最终状态？就是没有灵魂没有思考的状态？”

“是。这个设备也可以用在动物身上。对所有有大脑的生物都可以使用。”

“听起来就像是全世界最危险的武器。”我说，“带到这里来做什么呢？”

爸爸脸上露出了一个巨大的笑容。

我忽然觉得嘴巴干燥。还没等我明白怎么回事，爸爸就走到我面前，用一块黏胶布把我的嘴巴粘住了。之后他走回到奥利维亚身旁。

“充好电了吧？”爸爸问道。

奥利维亚点点头。

爸爸把这个管子套在了斯温特莱纳头上。管子可以弯折又有弹性。爸爸的操作精准熟练，他一定早就知道斯温特莱纳头的尺寸，也一定不是第一次做这种事了。

“别害怕，斯温特莱纳，”爸爸说，“没有什么可怕的。”

听别人鼓励自己“别害怕”时，才一定会害怕吧？

现在大家都知道将要发生什么：斯温特莱纳的神经系统就要被改造了。我紧张得头晕想吐，但是嘴巴被胶布粘着，吐不出来。阿里的情况也是一样。其实一件东西本身没有好坏，全看用在什么地方，比如这银灰色的透气胶布本来是阿里用来维修设备的，现在却被用在了我们自己身上。

奥利维亚拿起针管，扎进斯温特莱纳的右手腕中。

“整个过程没有任何危险，”爸爸微笑着对我们说，“这个药就是让斯温特莱纳在整个过程中保持放松而已。”

“嗯——嗯嗯嗯！”我无论怎样也说不出话来，只好用力踢着空气。这种情况下怎么可能保持放松？只是我现在被绑在了椅子上，救不了斯温特莱纳。另外，我的腿受刚刚电击的影响还没什么力气。他们怎么能做出这种事？这两个坏蛋！我真想放声大喊，但这都是徒劳。

“好，现在可以开始了。可能得用一段时间，但我看你们现在也没有什么别的计划。即便你们有别的计划，好像也实现不了。”

爸爸按了一下环脑仪上面一个隐形的按钮，一个小黄灯就亮起来了，紧接着第二个、第三个小灯也跟着亮起来了。除了逐个亮起来的小灯之外再没有别的变化，整个过程非常安静。等到所有灯都亮起来的时候，我觉得自己简直要崩溃了。刹那间，所有小灯一并熄掉了。这个过程一共用了多久？一分钟？两分钟？还是整整一个世纪？

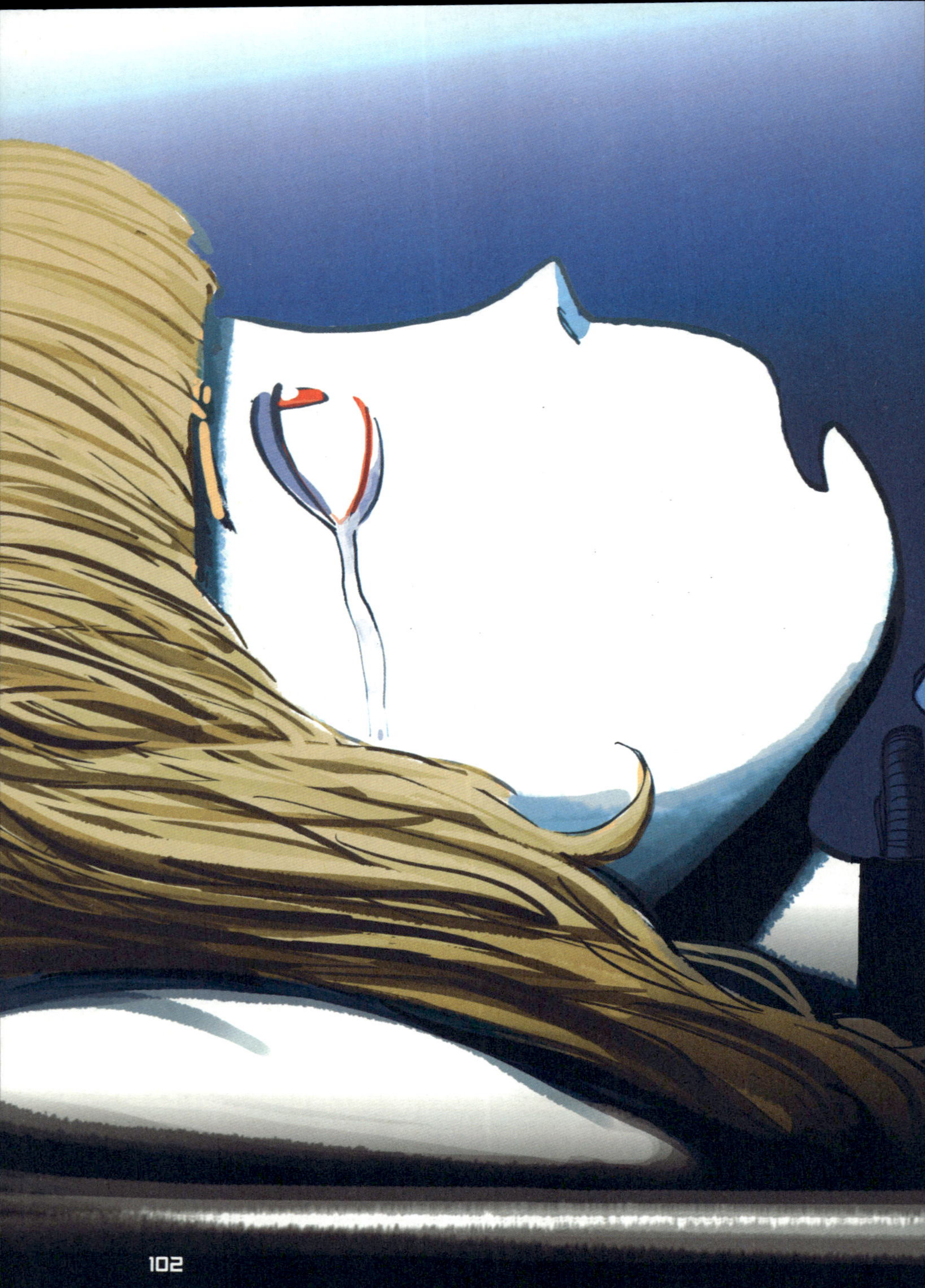

斯温特莱纳已经不在了。她的思想，她的灵魂，都去了哪里？

接下来敏俊、丽萨也经历了同样的过程。我和阿里都把头扭开不看。

过了好久好久，我偷偷看看阿里，他低着头，紧闭着眼睛。我也闭上了眼睛。不知接下来的会是他还是我？

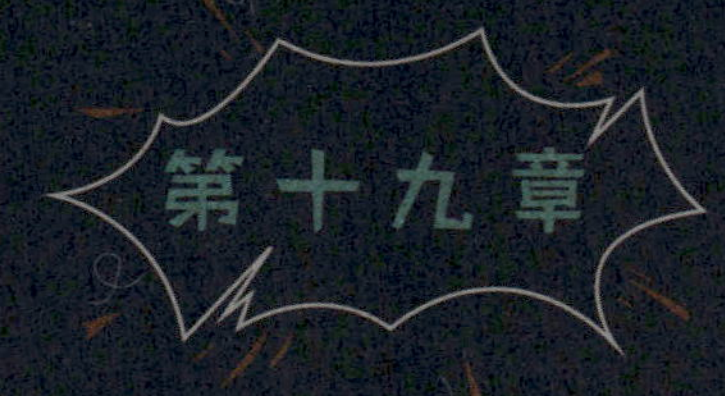

第十九章

这是怎么了？

忽然我感觉自己被温暖、宁静的氛围包裹了起来。虽然还是紧紧闭着眼睛，但我也能感到眼球周围浸满了泪水。

我睁开眼睛。

门口居然站着一个低语者。一个低语者！

它竟就这样大摇大摆地走进来了！

它站在门口看着我们，头上的触角轻轻摆动着。

爸爸扭过头见到低语者，着实吓得不轻。他从墙上抓起一个头盔，像尾巴着火了似的冲出了病房。

我似乎感到被捆在病床上的斯温特莱纳、敏俊还有丽萨似乎也都平静了一些。

这次低语者好像只对奥利维亚讲话，因为现在奥利维亚像是被定在了原地，像是非常仔细倾听的样子。而我却听不到低语者在说什么。

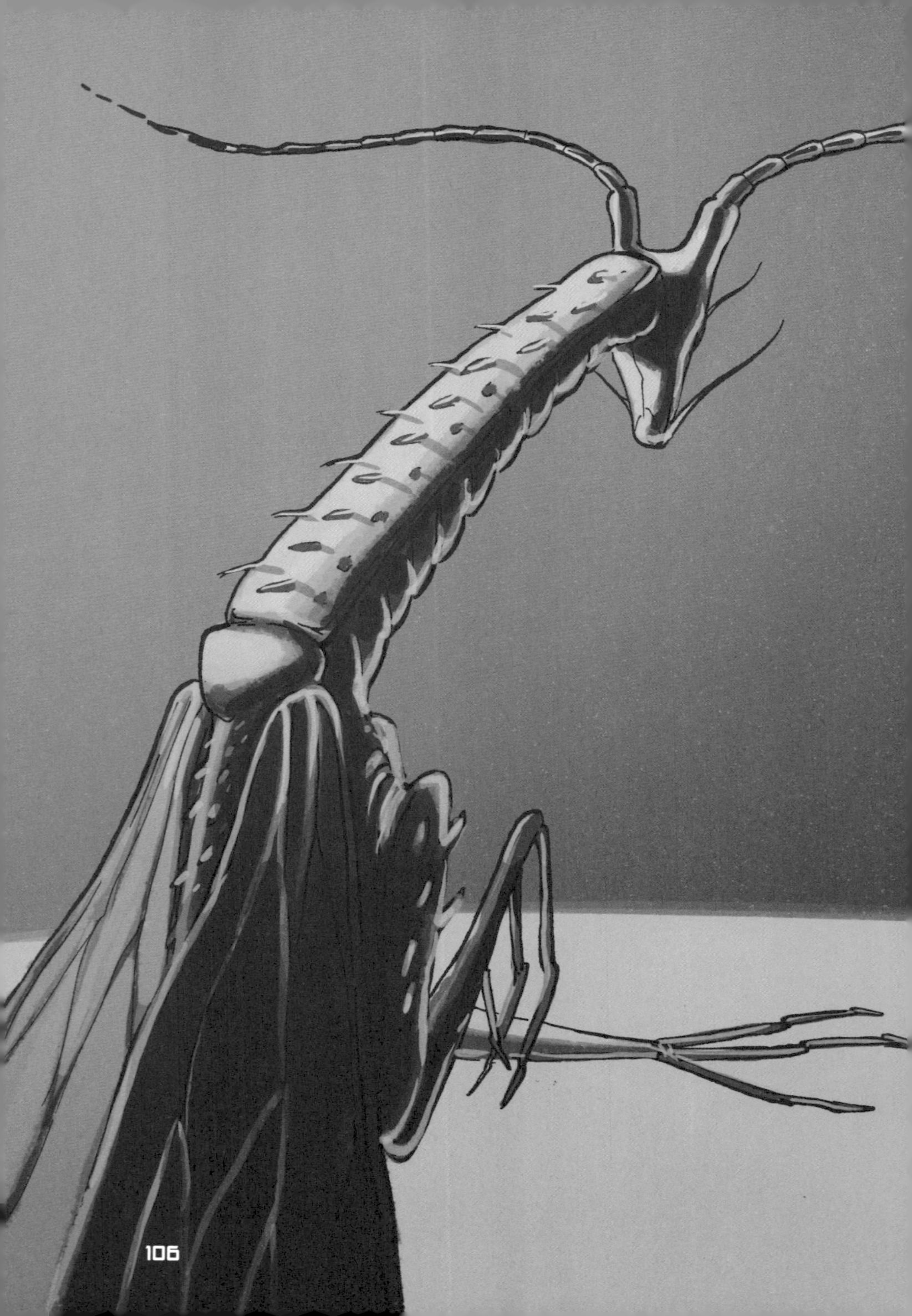

奥利维亚就这样站着一动不动，站了好久。然后她缓缓跪了下来。

又过了一会儿，她向低语者点点头。

接着，低语者就走了，像来时一样悄无声息。

“她跟你说什么了？”尽管嘴巴被胶布封着，我还是呜呜地问奥利维亚，其实我自己都听不清自己的话。

奥利维亚只是缓慢地点头，什么都没回答我。

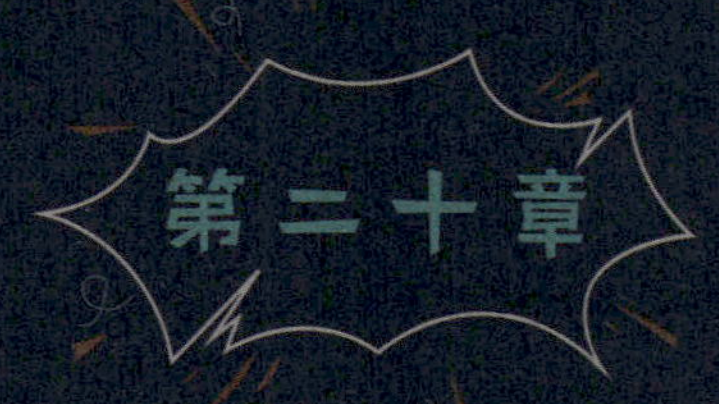

第二十章

失望就像潮水一下涌来，几乎要把我淹没。

奥利维亚只是把我们塞进了铁笼子里。爸爸已经逃走了，都没有在附近，她却还是这么做了。

不管低语者对她说了什么都没有发挥任何效果。可能它也对奥利维亚说了要抱有希望之类的话吧。奥利维亚才不会在乎那些无厘头的话呢。

奥利维亚把笼子锁好，站在外面要我们把手伸出去，然后把我们的手铐打开了。

现在我才觉得，在开普勒 62e 星球上其实并不比在地球上好多少。虽然现在这里只有八个人，却已经连监狱都从地球上带来了。虽然小，但到底也是监狱。笼子简陋得就像旧影片里的一样。

我把胶布一把撕掉。但由于动作太快，我的嘴唇好痛好痛，在奥利维亚走开之前一个字都没能说出来。

笼子里的地板上有两张床垫。我和阿里就裹着太空保温毯，躺在上面。大势已去。现在无论他们想做什么我们都没有能力去阻止了。斯温特莱纳再也不能唱动听的俄罗斯歌曲了，虽然我听不懂歌词，却也每每被她感动着。下一个就会是阿里或者我，说不定现在是我们作为真实的自己的最后一刻了。

阿里和我都无话可说。毕竟“希望”只是个渺小无用的字眼罢了。

我累极了，终于沉沉地睡去。我希望自己不再醒来。

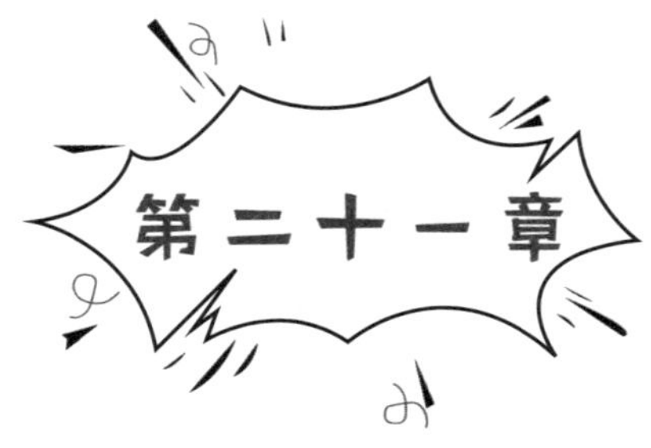

第二十一章

“玛丽？”

听见有人叫我的名字，我慢慢苏醒过来。现在是夜里。

“玛丽？”

我没回答她。

“你还好吗？”

我依旧躺着，一动不动，一声不吭。

“听我说，”那是奥利维亚的声音，她悄悄说，“爸爸一会儿就要来了，我们时间不多。在进行改造之前，设备会先向大脑射入一块芯片。我负责准备要用的设备。我一会儿悄悄把芯片藏起来，不放进去。等爸爸对你们进行神经改造的时候，你们必须假装确实被改造成功了，他才不会发觉。装芯片就像给枪上子弹一样，我不装爸爸也不会发现的。”

我转向她。

“这些你为什么等到现在才说？斯温特莱纳被改造的时

候你就在现场。是低语者对你说了些什么感化了你？那你为什么还锁着我们？”

奥利维亚把手伸进笼子里，似乎想安慰我。但我不想碰她。

“我之前错了。你是我妹妹，如果你也被改造了的话，我以后就再没有妹妹了。”

奥利维亚似乎对自己说出了这样的话很是吃惊。或许这是她很久以来第一次自己思考后说出来的话。自己思考、自己做决定可能是挺可怕的。

“你觉得我会相信你？”我问道，“你给过我们相信你的理由吗？”

“你们必须装作被正常地进行了神经系统改造的样子。爸爸准备明天清早就对你们进行神经系统改造。除了我不在设备里放入芯片之外，别的步骤都和你们之前见到的一样。你明白了吗？等阿里醒过来，你跟他解释清楚，好吗？”

“我们难道还有别的选择？”我问道。

“不，你们现在必须信任我。我发誓我现在没有骗你们。”奥利维亚悄悄说。

身边传来了假装咳嗽的声音。

“我其实一直醒着呢，”阿里说，“那些连发誓自己没骗人都不敢大声说出来的人，怎么值得我们信任呢？”

奥利维亚叹了口气。

“我已经解释过了。相信我，假装自己确实被改造了是你们唯一的机会。而且我们现在没有别的选择，必须与低语者开战。我和爸爸聊过了。他的计划是消灭低语者的绝大部分，但不能让它们灭绝。”

消灭，灭绝，我最讨厌这样的字眼。这些字眼掩盖了它们的真实含义：囚禁，伤害，杀戮。

“我看见了仓库里的喷火枪。爸爸到底明不明白用喷火枪有可能毁掉整个星球？草原着起火来控制不住的话，不知道会蔓延到哪里。你自己也亲眼见到了，低语者那么美，为什么要囚禁它们，伤害它们？它对你说话了吧，说了些什么？”

“它告诉我要相信善。还说国王要做什么都不要抵抗，但是善不会消失，是永恒的。我们必须铭记这一点。”

我摇摇头。我真想不明白，它们为什么把事情想得这么简单。

只是想象爸爸的计划我就觉得毛骨悚然。爸爸说不定就是想把整个星球统统烧掉！历史上为了夺取权力而摧毁整个王国的事也不是没有。

“爸爸难道真的相信，就凭他的这些小伎俩就能让低语者甘愿为他制造能量？他真的相信能统治它们？”

奥利维亚又叹了口气。

“我也不知道。如果我不假装完全和他一伙儿，执行他的计划，那我们谁都活不下来。我们必须时刻小心。神经系统改造做完之后就会把你们的脚环取下来，因为爸爸会相信在那之后他就可以绝对控制你们了。”

“但是难道他看我们的眼睛时，看不出我们没有被改造吗？”

奥利维亚用狡猾的眼神看着我们，说：“告诉你们一个秘密。我有时候会戴一种让眼睛看上去有闪光的隐形眼镜。我也可以给你俩每人一副。”

“哇！”阿里说，“这就说得通了。我之前还以为你也……抱歉。但是你为什么要假装自己的神经系统也被改造了？是给他看，还是给我们看？”

奥利维亚表情严肃地垂下了头。

“好吧，换个问题。”阿里说，“被改造之后的人还有没有可能把芯片从他们的脑中取出来？”

“我不知道。或许吧，”奥利维亚说，“从来没听说有谁试过这样做，但是……”

“还有件事，”我打断她说，“等爸爸的战争结束之后你想做什么？把他抓起来？还是……？”

“那之后就全都交给你和阿里来决定吧。我已经做了太多决定，实在不想继续下去了。现在你们睡吧，好好休息。晚安。”

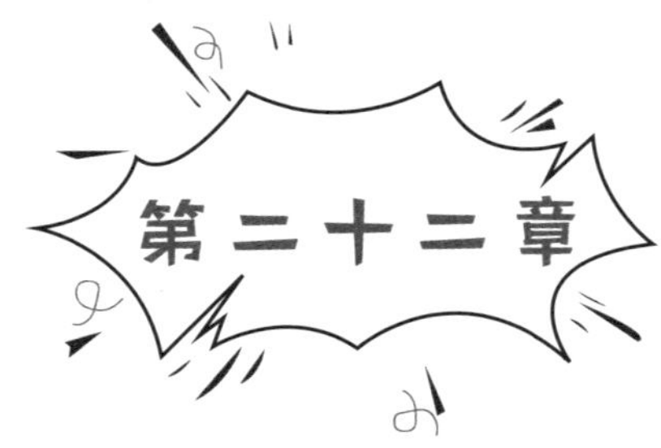

第二十二章

晚安这种话说了也没用。知道自己的神经系统明早就会被改造怎么可能睡得好呢？这可比在牙科候诊室里等着紧张多了。

我和阿里都几乎没睡。

第二天清早，爸爸和奥利维亚一起来到仓库里。爸爸身上满是汽油、雪茄，以及嘶嘶兽的味道。

“玛丽、阿里，你们准备好了吗？”

“不用绑我们。”我说，真可恨，我的声音有些抑制不住地颤抖，“也不要用镇静剂。”

“我也不要。”阿里说。

我感到心脏在胸腔里狂跳。想着至少可以信任阿里，我安心了一些。

爸爸盯着我们看了好久。

我真希望他并不是真想对我做这种事，不想把自己亲生女儿的思想抹掉重新编辑。我希望他是真的爱我，这种爱让他做不出这样出格的事，希望他只是在和我们开一个天大的玩笑。

“好吧。”爸爸说，“那就不限制你们的活动，也不用镇静剂。但是你们必须躺好，不要动。奥利维亚，你把设备递给我好吗？”

奥利维亚毫无表情。她会完全按照爸爸的指示做吗？她难道不怜惜我也是个有灵魂的人？

奥利维亚把环脑仪递给爸爸，爸爸接过来后把它轻柔地套在了我的头上，就好像那是个花环一样。我闭上眼睛。这是爸爸最后的机会了，他现在后悔还来得及。

可他并没有后悔。我听到了轻微的“咔嚓”一声，应该是在把芯片注入大脑过程中机器发出的声音。但我什么都没感觉到。之后就有一阵微弱的轰鸣声。我只躺着不动，在心里不停祈祷奥利维亚这次真的没骗我们。我觉得恶心难受，现在自己也不知道到底有没有芯片被注入进我的大脑。

“太棒了！现在低语者就不能控制你的思想了，玛丽。是不是感觉很好？”

我最生气的是爸爸竟然还用玛丽的名字称呼我，那个叫玛丽的灵魂现在应该已经不在了。我闭着眼睛，不想看到他伪善的面孔。

接下来就轮到了阿里，他躺在我一旁的床上。我还是紧闭着眼睛。等待的时间格外痛苦。

直到听到爸爸离开的脚步声之后我才睁开了眼睛。

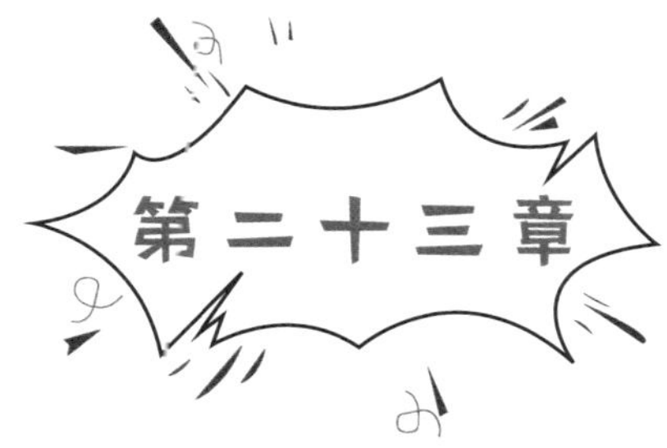

第二十三章

“阿里，你还好吗？”

我的心紧张地狂跳，好像就要裂开了似的。

“更舒服的时候也不是没有，但是现在，嗯，感觉还不错。反正我脑子一直不怎么好用。”

“哎，这我就放心了。”

“现在来不及让你们休息了。”奥利维亚边说边帮我们把脚环取下来。

我觉得头晕晕沉沉的。现在我的大脑真的还是自己的吗？

“给你们这个。”奥利维亚递过来两副隐形眼镜，然后仔细向我们展示了应该如何佩戴。戴上这副隐形眼镜后很不舒服，眼泪不住地要涌出来。

“好了，现在咱们快走吧。给你这个瓦利为 4.0 手枪，玛丽。出门别说话，别人怎么做你就怎么做。我已经把所有手枪的生物锁都打开了。阿里，也给你一把枪。这是爸爸的主意。他现在觉得可以完全控制你们的思想，就不怕你们拿枪了。”

“可我们拿枪要做什么用？”我问奥利维亚。

“嘶嘶兽们不会用枪。它们根本不会瞄准，只会晃着跳来跳去瞎转圈罢了。所以我们都拿上枪，如果它们对我们造成了威胁，我们就可以开枪打它们。”

“原来这枪是为了打自己人？”

“是。”奥利维亚说，“我觉得很可能到了某个阶段爸爸会把嘶嘶兽也都消灭掉。”

奥利维亚说话的语气就像学校里的生物老师在讲青蛙卵一样，心平气和的。

“也就是说，在他看来，嘶嘶兽也不过就是些可以利用的家伙？”

“可以这么说。”奥利维亚说。

“就没有别的办法了吗？”

“现在必须走了，再不走爸爸就要起疑心了。”她说。

病房外的嘶嘶兽部队已经集结完毕，周围弥漫着兴奋又紧张的气氛。

爸爸走到我身前，盯着我。

忽然他一拳打向我。

我像个麻袋一样被他打倒在地。头好痛。眼泪一下涌上来，几乎要顺着面颊淌下。但我知道，理论上说我现在应该是个机器人，没有感情。

“别躺在那儿，战士，”爸爸说，“起来，冲啊！”

看来，我通过了他的测试。

第二十四章

爸爸穿着那身能遮住脸的黑色紧身服走在前面，一手拿着扬声器，一手拿着喷火枪。

他时不时地扣下喷火枪的扳机，火焰就猛地喷射出来。

“嘶——呼呼——嘶——呼啦——”

听到周围嘶嘶兽们的声音，我后背上的汗毛都立了起来。它们还像以前一样又叫又跳的，但似乎现在有了一定的整体性，就好像是整体调试过了的一群机器人。说不定它们的神经系统也被改造过了。

嘶嘶兽很喜欢火焰。爸爸用喷火枪的时候它们会兴奋地呜啦啦叫起来。火焰在气体喷射的作用下可以轻易向上喷到十几米的高空。

嘶嘶兽遇到火焰就会兴奋得抓狂，以前我们也见识过的。上次它们把低语者的村庄烧成了平地：它们烧掉了那些漂亮的草房子，在低语者的尸体和满是烈焰的草原上欢呼，似乎是在庆祝世界末日的到来一般。

“把草地全部烧掉！”爸爸的声音透过扬声器传来。

“烧掉！”嘶嘶兽们跟着他大吼。它们逐渐学会模仿人类说话了。

“烧啊！”爸爸说。

“嘶嘶——烧！”

“烧！”爸爸喊道。

“烧，烧，烧！”

“烧啊——”

嘶嘶兽们仰面朝天，一起吼道：

“烧啊——”

阿里和我都装作机器人，走到敏俊、丽萨和斯温特莱纳身旁。我们看上去又小又可怜，完全不像是精英战士的样子。我注意到丽萨的左眼角中闪烁了一下，但她绝不像是戴了隐形眼镜。我的脸颊刚刚被爸爸打了一拳，还是生疼。不知为什么，被爸爸打了之后我竟觉得有些羞耻。

“现在我们这么做……”我偷偷对阿里说，但他像是没听到似的。

他演行尸走肉太像了。

每只嘶嘶兽都背着一把喷火枪，因为用喷火枪不需要像用步枪那么精确地瞄准。

“嘶——嘶嘶——嘶——”

一只嘶嘶兽把火焰喷到了另一只身上，另一只立刻就燃烧起来。

那只烧着了的嘶嘶兽哀嚎着，发出的声音就像被剃秃了毛丢到太空的棕熊在哀嚎。根本没有人试图上前灭火。

原来爸爸的军队就是这样，我算见识了。七个人，加上一大群装备了喷火枪的嘶嘶兽。

“烧啊！”爸爸继续通过扬声器喊着。

“嘶嘶——”嘶嘶兽们附和着他。

嘶嘶兽们走在前面，它们后面是被改造了神经系统的丽萨、斯温特莱纳和敏俊，再后面跟着阿里和我。我不知道爸爸通过什么手段竟能指挥嘶嘶兽。嘶嘶兽们有顺序有计划地把火焰喷向周遭的草地，虽然组织性并不高。

不管怎么说，草地还是迅速燃烧起来了，并且飞速蔓延开来。在这儿可没有什么太空消防局来灭火。搞不好很快整个星球都要着起来了。我们看不出火焰中有没有烧着了的低语者的村落。那些低语者都去哪儿了？即便它们试图逃跑，也很难从火焰当中脱身。我知道，草地对它们来说就像水对鱼一样重要。

爸爸现在兴奋极了。他终于成为自己幻想了多年的世界霸主，拥有了自己的星球，完全由他统治，还有他自己的军队，听从他的指挥。

我努力向四周望着，试图找到低语者的影子，但满眼只有烟雾和火焰。它们去哪儿了？它们能看到我吗？它们看到了我和嘶嘶兽一起，把它们重要的东西都烧掉了吗？

或许我真的再无别的选择，只能这么做了。

我摸着挂在身边的手枪，把扳机从“锁着”扳向了“开”的一侧。

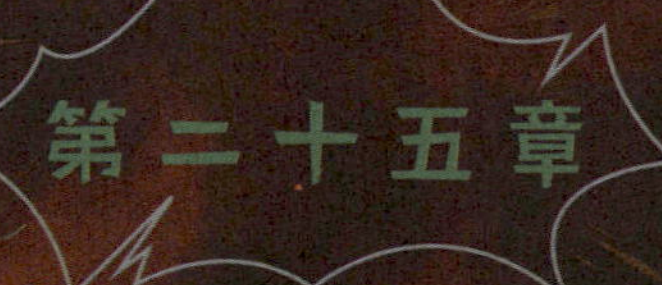

第二十五章

火焰的海洋中升起一股股漆黑的浓烟，火光把天边映成红色，这是人造的美景却危险重重。

我觉得好像自己的一部分死了。或许还不如之前真的被改造掉神经系统，那样就不用眼睁睁看着周围所有美丽的东西就这样被烧毁殆尽。

这时我用一侧的余光看到了它们。它们就坐在不远处的小山坡上，触角微微动着，看上去那么美，那么骄傲。我觉得心脏好像在流血。它们没传送给我任何话语。

“快制止我们！”我在脑中大喊。

它们也没有回答。它们似乎就在那儿，什么都不准备做。

“做点什么吧！”

一片寂静。

我浑身颤抖。难道真的没有希望了？

转眼间，它们又消失不见了。我都没来得及告诉阿里。当然，我也不希望爸爸看到它们。

我抑制不住地哭了。希望爸爸看见眼泪的时候能相信这都是被烟刺激而流的。现在不能流露出任何真的感情，否则太危险。

接下来我们继续烧草地，直到再也没有低语者可以赖以生存的空间为止。

最让我痛苦的其实是本来低语者可以阻止我们的，但它们为什么要眼睁睁地看着爸爸和嘶嘶兽把它们的世界烧毁了呢？现在它们也要死光了。仅仅依靠希望根本不够。

我举起手枪，瞄准了爸爸的双腿。只打中腿应该不会死的。奥利维亚是医生，可以马上为他止血。

然后我就开枪了。

第二十六章

这枪还不如喷水枪有用。

什么都没有发生。扳机还是锁着的。看来爸爸早就知道了，并且做了准备。

爸爸脸上的微笑瞬间变成了狞笑。他举起了手枪。我知道，对他来说，杀掉我简直是小事一桩。

但或许狞笑并不是因为我？

天暗了下来。这是要发生什么事？

第二十七章

从黑烟中忽然显现出数量庞大的一群棕黑色的、细小的……像胡子楂儿一样的东西。至少有几十万只。难道是烟灰吗？不可能。

我想这些“胡子楂儿”应该是某种昆虫。

它们飞过来，就像鸟群，或者深海里巨大的鱼群，灵活、协调得像是一个整体。

忽然，嘶嘶兽们像是受不了昆虫的袭击一样哀嚎扭动起来。周围的空气中现在布满了这种尖利的、像牙签一样的小生物。

嘶嘶兽们彻底不行了，一个接一个地倒在地上。

“前进，前进啊！烧！快烧！”

我扭过头，看到爸爸手上有个设备，他似乎就是用这个设备控制嘶嘶兽群的。但现在它们只是在地上扭动着，哀嚎着，完全抵抗不过昆虫的袭击。可我并没有看到这些牙签一样的昆虫叮咬它们。

牙签虫们一次又一次地袭击着。

它们没有脚，也没有头，甚至没有触角，好像没有任何器官。我甚至觉得它们像是被看不见的双手操控着的小针而已。

爸爸完全惊呆了。他举起枪又放下。这么多细小的“牙签”是没有办法射击的。

周围的地上扔的全是喷火器。嘶嘶兽们已经顾不上这些了。

爸爸拿起自己的喷火器，但这时牙签虫们忽然转而攻击他，只几秒钟后他就痛苦地倒在地上，像被挂在鱼钩上的蚯蚓一样扭来扭去。

奇怪的是，虫群并没有来攻击奥利维亚、阿里和我，也没有攻击另外的几个人。

我忽然看明白了。一刹那间，它们从隐形当中现身了。我浑身颤抖，但这次是出于喜悦。

“是飞飞侠！”我告诉阿里。

阿里的笑脸灿烂得像是太阳。

虽然它们很快再次消失不见，但我现在已经知道它们是什么了！

我激动得哽咽不已。这些就是我在 51 区见到过的像天使一样的昆虫——飞飞侠。因为它们会隐身，奥利维亚和 51 区的研究员都很害怕它们。现在每一只飞飞侠手上都拿着一根尖针作为武器。它们聚在一起发起攻击的时候，无论是嘶嘶兽还是疯狂的国王都对它们无可奈何，毫无招架之力。

第二十八章

“耶！”阿里欢呼着，笑着看向我。

它们的数量实在太多了。足足有几十万只吧？根本数不清，太多太多了，可能有几百亿只那么多。

惊恐之中，嘶嘶兽群四散开来。又有几只嘶嘶兽被不幸点燃，着起火来。

爸爸脸朝下趴在地上。他现在只顾得上用手保护自己的头和脸，连站起来的机会都没有。一大群飞飞侠就像夏天的蚊子一样乌泱泱地围绕在他周围。

我记得小时候妈妈曾经给我讲过一个故事。故事里一个人旅行到了小人国。那些非常小的人用很细很细的绳子把他绑在了地上。和小人比起来他虽然是个巨人，却也对此无能为力。

奥利维亚冲过去，在爸爸还没反应过来发生了什么的时候给他戴上了手铐。阿里也跑过去帮忙，用透气胶布粘住了他的嘴。

“快看！”奥利维亚喊道。

这一大群牙签虫当中出现了一个奇怪的生物，它穿着好像是钢铁侠的服装，翅膀上还闪烁着紫红色的灯光，很危险的样子。

此外，这个假钢铁侠还射出一些白色的光束，我看得不明所以。

我揉揉眼睛。这奇怪的来客到底是谁？是因为我戴着隐形眼镜，看错了吗？难道这是……？

“乔尼！”阿里大喊，“真的假的，那是乔尼啊！”

可不嘛，就是乔尼。

阿里像喝多了功能饮料的嘶嘶兽一样，又蹦又跳的。

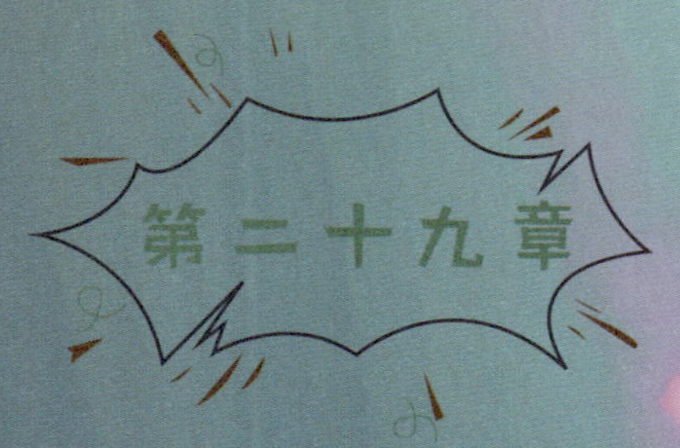

第二十九章

乔尼缓缓降落下来，就像电影里的慢动作一样。

在他的脚触到地面的那一刻，就像魔法一般，周围的飞飞侠全都消失不见了。

乔尼看上去就像是钢铁侠发现自己会飞了之后一样高兴。

“你们觉得怎么样？不错吧？”

“不错不错！”阿里说，“但是你衣服上这些紫红色的灯都是干什么用的？”

真不知道男孩子们每天都在想什么。在当下这种情况下，阿里最先问的竟然是乔尼衣服上的灯！

“我从洞穴里的飞船上拆下来一些有用的零件。那艘飞船肯定是以前从地球上发射过来的，电池里还有些电。我用那些零件制作了这套衣服。灯嘛，就是觉得挺酷的。”

“超级酷。”阿里说。

“刚刚那白光是什么？”我问。

“那是飞飞侠给我的秘密武器，其实就是一些极小的棕灰色的盒子。它们受到按压的时候就会有非常亮的白光射出来，还会发出咔啦啦、轰隆隆的声音，看上去很厉害的样子，但其实这白光没有任何杀伤力，只是用来吓唬人的罢了。你们之前找到的那个洞穴里真是藏满了秘密。我会飞当然也全靠飞飞侠帮忙。它们虽然小，但只要足够多就能把我举起来。它们的力气很大的。”

“那你这身衣服是？”

“就是为了看上去酷一点嘛。”

“确实很酷，超级酷。”我说。

我紧紧拥抱着乔尼，险些挤掉他背上的一只翅膀。

乔尼笑得停不下来。奥利维亚则一言不发地看着我们，大概她自己也不知道应该说点什么。

“你怎么找到飞飞侠的？”我问。

“不是我找到的它们，而是它们找到的我。它们就住在那个有飞船的洞穴里。”

“那你是怎么找到洞穴和飞船的？”我问。

“太简单了。全靠你们的腕表呗。你们去那个洞穴里的时候戴着腕表，腕表就记录了你们的行踪。瓦利为集团给每块腕表都安装了跟踪器。你们已经太老了，跟不上科技的潮流。我用平板电脑破解了密码，进入了你们的腕表，读取了里面存着的温度、紫外线强度、血压等各种信息，当然也包括你们去过哪里。你们实在应该把腕表扔了，好好保护自己的信息。”

“再说说那个洞穴吧，你还看见了什么？”阿里问。

“那个洞简直太大了，里面住了至少几百万只飞飞侠。洞里的地上当然也有超级多的粪，我估计得有好几吨吧，就像青蛙粪似的。”

“那你怎么说服飞飞侠，让它们帮我们的？”奥利维亚问道。

乔尼看了看阿旦。我知道他在用眼神问阿里：可以相信奥利维亚吗？阿里点了点头。

“从之前玛丽告诉我的信息来看，飞飞侠有和低语者类似的能力：它们可以通过思想交流。只是我们人类需要很仔细地倾听才行。它们应该是仔细检查过了我的各种想法之后才愿意和我交流的。”

我的眼中噙满了泪水，这次不是因为烟火。

忽然，一滴水落到了我的鼻尖上。

然后又是一滴。

又一滴。

之后，瓢泼大雨落了下来，下得那么大，就像是外星来的一样。当然，我们现在就在开普勒 62e 星球上！

“简直不可思议。之前雪化得那么快，现在雨又下得这么大。”奥利维亚说，“我猜都是低语者推动的。”

奥利维亚看上去比我们还要累，但她说起低语者时，眼睛亮得似乎在发光。我懂她现在的感受。

“你说什么傻话呢？不会真的脑子坏掉了吧。”阿里笑嘻嘻地问。

“低语者的力量似乎无穷无尽。它们的各种能力我们还不是很了解，当然对它们如何使用这些能力我们知道的就更少了。”

哇，听上去真的就像电脑游戏里发生的事一样。我觉得现在的天气其实就是低语者送给所有人的礼物。”

“如果这些都是真的，那它们为什么没早一点让天空下雨？”阿里问道，“它们那么厉害，想战胜我们的话，方法简直太多了。”

“我也不知道。”我说，“它们为什么不多用用它们的超能力呢？或许它们知道些我们完全不懂的事。”

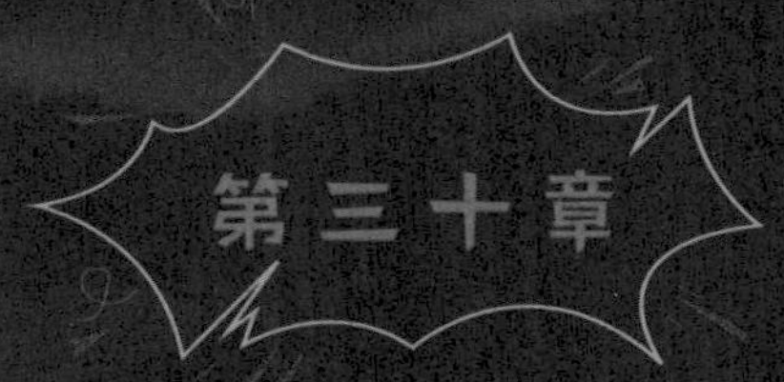

第三十章

雨下得实在太大了。走回营地的路显得格外艰难漫长，尤其是我们还要拖着爸爸。奥利维亚把爸爸的紧身衣脱了下来，以免他醒过来再次启动衣服电击我们。爸爸只穿着短裤，显得尴尬又无助。他做了这么多坏事，又那么胖，可我们现在还是不得不把他弄回营地去。

雨滴密得像墙一样，我们完全看不清前面的路。草原几乎完全被火烧毁了，但现在火焰正在雨水的作用下逐渐熄灭。

“谢谢。”我悄悄对着奥利维亚的耳朵说，“谢谢你瞒着爸爸没有向我脑中注入芯片。”

“你是我妹妹嘛。”奥利维亚说。

我看着她，她也看着我。我觉得她似乎笑了。

回到营地之后，我们把爸爸丢进牢笼里，他甚至没有丝毫抗议。他大概还在庆幸在牢笼里就没有牙签虫的攻击了吧。另外他当然也说不出什么话，因为他的嘴巴还被胶布粘着呢。

奥利维亚一直等到爸爸已经在牢笼里并且确认锁好之后才给他解开了手铐。其实爸爸并没有被飞飞侠叮得很严重。

爸爸一把扯下嘴上的胶布。哎呀！他犯了个大错误。他和我之前一样，胶布撕得太快了，造成嘴唇实在太痛，好一阵都说不出话来。现在就是给他个扬声器他也没法出声了。

没有了黑色紧身衣的爸爸看上去是那么弱小、无助。我们给了他一条毯子之后就赶在他能说话之前离开了。无论他要说什么，我都完全没有兴趣听。

其他人都累坏了。阿里把敏俊、丽萨和斯温特莱纳一个个送回宿舍。他们现在都既吃惊又迷惑。我不知道他们是否明白到底发生了什么，或者是谁在控制着他们。

“奥利维亚，你能不能试试治好他们？”阿里悄悄问道。

“我可以试试。但是……但我也不知道该怎么办。说不定他们的大脑已经发生了一些变化。关于神经系统改造我知道得不多。”

“我去和爸爸聊聊。”我说，“要是他不肯告诉我需要的答案，我就把他关进休眠舱里锁起来，要他睡上超级超级长的时间。”

“别，”奥利维亚迅速地说，“还是我去和他说吧。我得先给乔尼解药。阿里，安瓿你还带着吗？”

“带着呢。”阿里说，“已经随身带了好久了。”

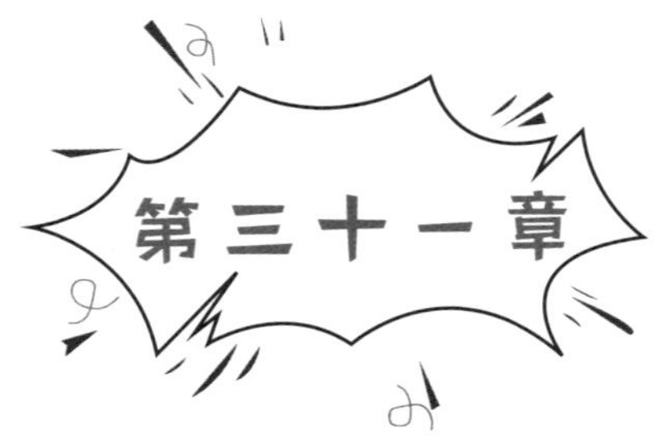

第三十一章

傍晚，我和阿里坐在宿舍里休息。乔尼之前忙着拯救我们和整个星球也累坏了，但他还不想睡，只是疲倦地坐着，摆弄着手上的平板电脑。

有一刹那我甚至觉得我们好像就是普通的一家人，正一起度过晚上的休闲时光。只是我还是忍不住担心奥利维亚会背着我们把爸爸放出来。

奥利维亚一直在仓库里和那个自称是我们爸爸的人讲话，或者说，至少她试图从他那儿得到一点消息。

我掏出手枪，坐下来静静地等着。奥利维亚之前确实把手枪的生物锁打开了，我已经确认过这把枪现在可以用。

其实我不喜欢盲目信任武器的自己。我也不明白，为什么低语者坚持不反击，也不保护它们自己。如果有人要找我们的麻烦，我肯定毫不犹豫地反击。

乔尼抱着平板电脑仔细研究。

“这营地里有个发射器，”他说，“应该是你爸爸装的……等等看……”

乔尼一边摆弄着平板电脑，一边说个不停。

大概过去了整整一个小时，他忽然兴高采烈地高喊：“太棒了！太棒了！”

“怎么了？”我问。

“我成功解开了之前那条信息的一部分。埃里克和半人半饼干05帮我制订了一个非常聪明的计划。很快我应该就可以破解全部的信息了。我很幸运地在那个洞穴的飞船里找到了一个收发信号的元件，可以用来与地球保持联系。奥利维亚也有一个类似的设备。瓦利为也有。”

“是的。只是我以前不知道这里除了我之外还有别人在用这种小设备。”

奥利维亚不知什么时候已经站在了门口，她似乎拥有这种可以悄无声息地出现在你身边的超能力。

“我以前一直都错了。”她说，“爸爸还是不想帮助我们，什么都不肯说。我真不知道怎么才能治好他。我以前真是太天真了，我本以为……唉。”

我站起身，拥抱了奥利维亚。拥抱中我感到奥利维亚四肢僵硬，心跳加速，毕竟我俩都还不习惯拥抱。可她还是做出了回应，也拥抱了我。

“你可以试试看，看能不能修复斯温特莱纳、敏俊和丽萨的大脑，现在就试试。他们的神经系统被改造还没有太久，说不定时间越短恢复起来越容易。”阿里说。

“说不定是这样。”奥利维亚说，“我唯一能想到的办法就是把芯片取出来，神经系统改造全部都是在芯片的引导下进行的。”

“我现在去叫醒他们，我们现在就试试。”阿里说，“在芯片把他们的灵魂吞噬之前。”

“但是我有很重要的事要告诉你们。”乔尼说。

“晚点再说吧。”阿里说，“救敏俊、斯温特莱纳和丽萨要紧。”

第三十二章

我们去叫斯温特莱纳、敏俊和丽萨，他们像机器人一样跟在我们身后走进病房。我觉得胃痛。

他们的衣服还散发着浓烟的味道。

他们坐下来，直直地盯着前方。阿里和乔尼的妈妈也像他们这样没有感情吗？他们虽然看上去很正常，但我总有一种感觉，好像他们根本不在这里似的。我在斯温特莱纳的眼中看到有什么东西一闪而过。不知为什么，我很确定这种眼睛里的闪光就是一个人的神经系统被改造过的表现。

我扶着丽萨让她躺在床上。阿里曾经告诉过我乔尼喜欢丽萨。乔尼之前不仅仅救了我们所有人，还让我们有了几百万甚至上千万的看不见的飞飞侠朋友。现在我们也必须把他喜欢的人救回来才行。

丽萨非常顺从地躺到了床上。

奥利维亚戴了手套，头上戴了一盏小灯，走了过来。

“芯片就在左耳稍上方的皮肤下面。”

丽萨什么都没说。

“我得用小刀在皮肤上切一个小口，”奥利维亚说，“然后用镊子把芯片取出来。芯片就是个小型的信号发射器，爸爸想做的一切都靠这个信号发射器来激活。他想让人们觉得他是能读懂每个人的思想的神，也正因为如此，在 51 区他才那么仔细地研究低语者。”

“我们的爸爸是个坏人。”我说。

“很快就好了。”奥利维亚平静地说，“我先给你打一点麻醉剂。”

奥利维亚的针头扎到丽萨的时候，她一声不吭。

我握住了丽萨的手。奥利维亚用小刀切开她左耳上方的皮肤的时候，她悄悄攥了我的手一下。

奥利维亚用头顶的小灯照着那个伤口，很快就找到了一个芝麻大小的芯片。这么小的芯片就可以控制人的思想，实在是太恐怖了。

奥利维亚小心翼翼地把芯片取了出来。伤口流了一点血，但是贴上一点消毒纱布就好了。

“我也不知道丽萨在这之后会怎样，”奥利维亚说，“现

在我们只能盼着她慢慢好起来。”

“无论怎样都比变成没有灵魂的僵尸强。”阿里说。

“快帮敏俊也把芯片取出来，”我说，“我可以……”

“快看！”

乔尼拿着平板电脑跑进病房里：“你们必须听我说，必须听！”

他给我们看着屏幕上飞速闪过的一行行 1 和 0。

“我收到了好多消息，但是这条是到现在为止发现的最重要的一条！”

“咱们出去说，别在这儿打扰奥利维亚。”阿里迅速说道。

“去吧。”奥利维亚回答道，“我自己留在这儿就可以了。”

第三十三章

我当然明白阿里为什么把我和乔尼拉出病房：奥利维亚还不知道乔尼这段时间都做了什么，我们当然也不能当着她的面讲这些事，毕竟还不好确定到底能不能完全信任奥利维亚。

外面又下起了瓢泼大雨。下得好啊！大雨把我们身上的烟味、焦味，还有从嘶嘶兽身上沾来的臭味，甚至最近的紧张委屈都一洗而净。

“消息说的是什么？”阿里问，“很重要吗？”

“那当然，我刚说了很重要嘛。”

乔尼眯起眼睛，盯着屏幕上闪过的1和0，读道：

大飞船已经出发了。

成年人太大太重，

所以飞船上载满了孩子。

另外还有乔尼和阿里的妈妈，

以及阿尔弗雷德和马格达。

愿力量与你们同在！

再见！埃里克以及半人半饼干 05。

“妈妈！”阿里说。

我们好久没有说话。

乔尼看着阿里。忽然间他再也不是那个拯救整个星球的超级英雄了，泪水就像现在的瓢泼大雨一样顺着他的脸颊流了下来。

阿里也看着乔尼，然后跑开了。

第三十四章

阿里像是长了三条腿似的飞快向宿舍跑去。

乔尼冲我摇头，示意我容阿里自己静一静，但我还是跟了上去。

追上他的时候他已经躺在了床上，背对着我。

“你还好吗？”我问。

“我还好吗？这一切都太不可思议了。”他说。

“你就是太悲观，”我说，“别失去希望。我们必须抱着希望，希望是我们唯一确认拥有的东西。”

说出这样的话我自己也大吃一惊。

“你觉得我妈妈还能治好吗？她被改造已经过去那么久了。”

阿里的声音里充满了失望。

“说不定呢。要是奥利维亚帮她把芯片取出来，说不定大脑会自己恢复的。人的身体本身就是个奇迹呀。”

“你什么时候这么乐观了？”阿里问，“我实在想不出来以后怎么会好。那些孩子被送来之前接受过训练吗？他们带的衣服够吗？国际空间站的地方够大吗？他们那么多人，能够把他们全都送过来吗？有没有人在他们进入休眠的阶段前照顾他们？”

阿里一股脑说了好多，连喘气的时间都没有。

“要是他们真的顺利到达这里……那他们肯定也是一群没组织没纪律的小屁孩。我们还得教育他们，让他们明白这里可不比 51 区。我之前看过一个电影，里面讲了一个完全由孩子们组建成的社会，那简直太可怕了！处处都是奇怪的规则和制度。有时候孩子们其实比大人更糊涂。”

“你现在看问题太悲观了。我们必须抱有希望，再没有别的办法。”我说。

“还有，你那个好朋友埃里克就要来了。”

“他不是我的好朋友。”

“你也就是说说而已，怎么可能不是？”

阿里终于转过身来，看着我，看了好久好久。

“谁先扭过头去谁就输了。”他说。

“什么？”

我也看着阿里，长时间地注视着。阿里也不躲避我的眼神，直直地盯着我的眼睛。我忽然好紧张，抬起手拍了他一下。

“啊？”他吓了一跳。

我们知道，从这以后，一切都变了。

此时此刻就是崭新而严峻的未来的开始，在这个离地球1200光年之外的星球上。

无论未来等着我们的是什么，我从未觉得可以和一个人这样亲近。

低语者说得没错：生命的所有秘密当中最大的便是希望，只有希望能拯救我们。

开普勒

62号

开普勒62号星系

62f
62e
62d